Cuando Anaconda, en complicidad con los elementos nativos del trópico, meditó y planeó la reconquista del río, acaba de cumplir reinta años.

Era entonces una joven serpiente de diez metros, en la planitud de su vigor. No había en su vasto campo de caza, tigre o siervo capaz de sobrellevar con aliento un abrazo suyo. Bajo la contracción de sus músculos toda vida se escurría, adelgazada hasta la muerte. Ante el balanceo de las pajas que delataban el paso de la gran boa con hambre, el juncal, todo alrededor, empenachábase de altas orejas aterradas. Y cuando al caer el crepúsculo en las horas mansas, Anaconda bañaba en el río de fuego sus diez metros de oscuro terciopelo, el silencio circundábala como un halo.

Pero siempre la presencia de Anaconda desalojaba ante sí la vida, como un gas mortífero. Su expresión y movimientos de paz, insensibles para el hombre, denunciábanla desde lejos a los animales.

... Porque mono y serpiente, pájaro y culebra, ratón y

víbora, son conjunciones fatales que apenas el pavor de los grandes huracanes y la extenuación de las interminables sequías logran retardar. Sólo la adaptación común a un mismo medio, vivido y propagado desde el remoto inmemorial de la especie, puede sobreponerse en los grandes cataclismos a esta fatalidad de hambre. Así, ante una gran sequía, las angustias del flamenco, de las tortugas, de las ratas y de las anacondas, formarán un solo desolado lamento por una gota de agua.

Cuando encontramos a nuestra Anaconda, la selva hallábase próxima a precipitar en su miseria esta sombría fraternidad.

Desde dos meses atrás, no tronaba la lluvia sobre las polvorientas hojas. El rocío mismo, vida y consuelo de la flora abrasada, había desaparecido. Noche a noche, de un crepúsculo a otro, el país continuaba desecándose como si

Los desterrados

내쫓긴 자들

Horacio Quiroga 지음

김성욱 옮김

내쫓긴 자들 Los desterrados
ⓒ별밭 (Compostela) 출판사, ⓒ김성욱, 2024

- 펴냄　　： 2024년 2월 23일
- 지은이　： 오라시오 끼로가 (Horacio Quiroga)
- 옮긴이　： 김성욱
- 펴낸 곳　： 별밭 (Compostela) 출판사
- 출판등록： 제2022-000034호
- 전화　　： 050-7888-0224
- 블로그　： 네이버, 별밭 Compostela
- 이메일　： compostela-libros@outlook.com
- ISBN　　： 979-11-979402-3-1 (03870)

- 가격 : 12,000원

* 저작권법에 따라 보호받는 이 저작물의 무단전재와 복제를 금하며, 이 책 내용의 전체 또는 일부를 사용하려면 사전에 옮긴이와 별밭 (Compostela) 출판사의 서면 동의를 받아야 합니다.

파손된 책은 구매하신 곳에서 바꾸어 드립니다.

...평범하게 쿠션에 부딪히지만 예상치 못한 쪽으로 튕겨 나가는 회전 먹은 당구공처럼 기이한 운명을...

❖ 알리는 글

■ 비속어와 비하

 본문에 나오는 비속어와 상대방을, 특히 장애인을 비하하거나 차별하는 표현이 여과 또는 순화되지 않고 우리말로 옮겨진 이유는 지은이가 화자를 통하여 보여주고자 한 당시 아르헨티나 사회의 풍습을 반영하여 독자에게 전하기 위해서이었다.

■ 표현의 어색함과 문법 또는 어법적인 틀림, 외국어 사용

 인물의 어휘력을 통하여 그의 사회적 배경과 특징을 내비치려는 지은이의 의도를 따라 우리말로 어색하게 옮긴 부분이 있다. 아울러 특정 인물의 정체성을 온전히 담으려고 지은이가 원서에 포르투갈어를 사용한 부분은 그대로 따와서 우리말로 뜻풀이를 달았다.

■ 뜻풀이

 본 《내쫓긴 자들》에 실린 뜻풀이는 옮긴이가 달았다. 가독성을 고려하여 최대한 그 수를 줄이려고 하였으나, 원서의 내용에 고유성이 짙은

부분에서는 피할 수 없었다.

■ 외래어 표기법 관련하여

　우리 말에 된소리가 엄연히 존재하며 일상에서 널리 사용되고, 이 소리가 에스빠냐어 발음을 온전히 반영하거니와 우리글로 완벽하게 표기할 수 있음에도 사용을 허용치 않는 이유가 설명된 바 없기에 그 규칙을 따르기 어렵다. 아울러 외래어 자음이 우리말의 '받침' 역할을 할 때 우리의 ㄱ, ㅂ, ㅅ으로 획일적으로 처리하는 현행 방식도 따르지 않았다. 그러나, '아르헨띠나'가 아니라 '아르헨티나'처럼 관행에 밀려 후자로 표기할 수밖에 없는 부분도 있었다.

❖ 지은이와 작품 소개

오라시오 끼로가 (1878-1937)

오라시오 실베스뜨레 끼로가 포르떼사(Horacio Silvestre Quiroga Forteza)는 우루과이의 살또(Salto)라는 작은 마을에서 태어난다. 그가 태어난 지 석 달쯤에 아버지가 세상을 떠나고, 어린 시절에 자기를 지극히 아끼던 누나가 결혼하여 부에노스아이레스로 이주한다. 열일곱 살 때 그가 보는 앞에서 의붓아버지가 스스로 목숨을 끊고, 1901년에는 결투를 벌이려던 친구의 총을 그가 정비하다가 사고로 발포되어 친구가 사망한다.

그리고 결혼생활에 두 번의 실패를 겪는다. 첫 번째 부인은 열여섯 살의 제자, 두 번째는 열아홉 살 그의 딸의 학급 친구였다. 첫 부인은 그와 심하게 다툰 뒤 염화 제이수은을 마시고 자살한다. 두 번째 부인은 나이 차이와 밀림에서의 생활환경을 극복하지 못하고 그를 내버려 두고 부에노스아이레스로 떠난다. 아버지로서도 자녀들의 인정을 받지 못한다. 그는 아이들이 어떤 상황에서든 스스로 살아남을 수 있게끔 밀림 적응 훈련을 시켰는데 엄격하고 독재적이었다. 사소한 일조차 자기가 원하는 대로 되어야 했다. 그리고 당시 겸업하던 우루과이 영사직을 박탈당하여 경제적으로 어려움을 겪는다.

이런 요소들로 인하여 끼로가의 성격이 더 까다롭고 응어리가 쌓이고 결국은 아르헨티나 부에노스아이레스 대학 병원에서 전립선암이라는 진단 결과가 나오자, 청산가리 음독자살이라는 극단의 선택을 하지 않았나 짐작해 본다.

그의 장례식은 자기가 창단 회원이었고 부회장직까지 맡았던 아르헨티나 문인협회에서 치러졌고 훗날 모국인 우루과이에 안장되었다.

거칠고 비사교적이고 까탈스러운 그의 성격이 위에서 언급된 경험 때문인지, 오히려, 그 반대인지는 누구도 단언할 수 없지만, 파란만장한 그의 삶이 창작에 영향을 끼쳤음에는 이견의 여지가 없다.

오라시오 끼로가는 라틴아메리카 문학을 대표하는 작가로서 꽁트, 연극, 시 같은 여러 장르를 넘나들며 생동력과 자연주의파 그리고 근대주의파 작품들을 탄생시킨다. 많은 문학평론가가 그의 작품을 에드가 알랜 포(Edgar Allan Poe), 체호프(Anton Chekhov), 모파상(Guy de Maupassant), 스티븐슨(Robert Louis Stevenson), 조이스(James Joyce), 키플링(Rudyard Kipling), 카프카(Franz Kafka)와 비교한다.

1926년에 출판된 《내쫓긴 자들, Los Desterrados》은 지은이가 1919년에서 1925년 사이 신문이나 문학잡지에 기고한 여덟 개의 꽁트로 구성되었으며, 그중 책 제목과 같은 꽁트가 실려있다. 이 작품은 탄탄한 구조와 서술의 깊이는 물론이며 등장하는 인물을 뛰어나게 묘사하여 오라시오 끼로가의 가장 복합적이며 숙성되고 균형 잡힌 걸작이라고 손꼽힌다.

　이 책에 실린 꽁트들은 아마존 지역의 끝자락이고 아르헨티나, 브라질 그리고 파라과이가 맞닿으며, 지은이가 사랑하고 동시에 두려워한 미시오네스주(州)라는 공간에서 펼쳐진다. 아울러 시간적 위치가 비슷하다는 요소로도 엮이어 있다. 이러한 점은 특정한 시점에서 흘러가는 여러 이야기의 내용을 이해하는 데 중요한 축 역할을 하는 셈이다.

　책 제목에서 엿볼 수 있듯이 등장하는 인물들은 모두 소외된 이들이다. 본문 중 〈내쫓긴 자들〉에 나오는 '평범하게 쿠션에 부딪히지만 예상치 못한 쪽으로 튕겨 나가는 회전 먹은 당구공처럼 기이한 운명을 타고난 사람들이다'라는 구절에서 그리는 삶에서 버려진 또는 낙오한 사람들이다. 지은이는 이들을 통하여 뜻대로 되지 않는 존재라는 비극과 무미를 짊어지고 가야 하는 인간을 그린다.

차 례

❖ 알리는 글 　　📖 　4
❖ 지은이와 작품 소개 　　📖 　6

· 아나콘다의 죽음 · 　　📖 　11
· 내쫓긴 자들 · 　　📖 　37
· 판 호우텐 · 　　📖 　55
· 따꾸아라 저택 · 　　📖 　69
· 죽는 남자 · 　　📖 　83
· 유향수 지붕 · 　　📖 　89
· 암실 · 　　📖 　109
· 오렌지주(酒) 양조자들 · 　　📖 　121

• 아나콘다의 죽음 •

  이곳 열대의 동물들과 공모하고 숙고한 다음 강을 탈환하는 계획을 세웠을 때 아나콘다는 이제 갓 서른 살이었다.
  혈기가 왕성하고 패기만만한 10미터 길이의 젊은 뱀이었다. 그가 누비며 사냥하는 광활한 지역에서 호랑이든 사슴이든, 누구도 그의 힘을 감당하지 못했다. 젊은 뱀의 조이는 힘 앞에서 생명의 끈은 수수깡처럼 보잘것없이 연약하기만 하였다. 굶주린 비단뱀이 지나가는 길에 골풀이 좌우로 흔들릴 때마다 주변의 모든 동물은 긴장과 공포에 휩싸여 촉각을 곤두세웠다. 그리고 평온한 해 질 무렵 아나콘다가 자신의 짙은 색 우단 같은 긴 몸통을 노을에 불타는 강물에 담그면 주변은 고요함에 짓눌렸다.

왕뱀은 언제나 그 자체만으로도 생명을 앗아가는 독가스와 다를 바 없는 존재이었다. 인간이 감지하지 못하는 아나콘다의 표정과 느긋한 움직임을 다른 동물은 먼발치에서도 느끼고 알아차렸다.

"안녕하시오." 뱀이 늪을 지나며 악어 떼에게 인사하곤 하였다.

"안녕하시오." 햇볕에 엎드려 있던 악어들은 마른 진흙에 들러붙고 돌출된 눈꺼풀을 겨우 떼면서 느릿하게 대답했다.

"오늘 엄청 덥겠어요!" 잡초들의 흔들림으로 미끄러지듯 이동하는 뱀을 감지한 원숭이들이 나무 위에서 인사했다.

"그러게, 꽤 덥겠어…" 아나콘다가 대답하며 지나가자 그 뒤를 원숭이들이 지켜보면서 나지막이 숙덕거렸다.

원숭이와 큰 뱀, 새와 작은 뱀, 들쥐와 독사, 이 치명적인 결합은 끝이 없어 보이는 가뭄으로 말미암은 쇠약함과 거대한 폭풍우에 대한 공포심으로 조금이나마 지연될 수 있는 관계이다. 오로지 태초부터 같은 환경에 살며 번식을 거듭하고 적응한 종(種)만이 피할 수 없는 자연 재앙에서 기아를 극복할 수 있다. 이렇게 기나긴 가뭄 앞에서 홍학, 거북이, 들쥐, 뱀… 모든 생명체는 물 한 방울을 고대하며 애처롭게 탄식할 뿐이었다.

우리가 아나콘다를 발견했을 때 밀림과 그곳에서 암담하게 공존하던 생태계는 이러한 재앙과 맞닥뜨리기 직전이었다.

먼지에 뒤덮인 지 벌써 두 달이 넘은 나뭇잎에는 비 한 방울조차 떨어지지 않았다. 더구나 불가마 같은 환경에 처한 식물에 생명이자 위로가 되는 이슬마저 내리지 않았다. 낮과 밤을 구별할 수 없을 만큼 마냥 화덕 속 같은 나날에 밀림의 모든 생명체는 점점 더 메말라 가고 있었다. 그늘에 흐르던 개천에는 이글거리는 조약돌밖에 남지 않았고, 흙탕물과 까말로떼1)가 넘치던 늪에는 그 무성한 수생식물은 온데간데없고 삼부스러기 같은 올에 긁힌 듯한 흔적으로 뒤덮이고 쩍쩍 갈라진 점토 황무지로 변해 버렸다. 숲 가장자리의 부채선인장이나 촛대 같은 변경주선인장마저 극심한 가뭄에 미세한 자극에도 종처럼 울릴 것 같은 딱딱한 땅바닥을 향하여 꺾여 있었다.

눈이 아리게 흰 하늘에서 쏟아지는 화염에 저 멀리서 무엇인가 불에 타 연재된 듯한 아지랑이가 오르고, 그 속에서 꿈틀거리는 누렇고 햇살 없는 태양이 오후가 되면 질식하는 거대한 덩어리처럼 수증기에 둘러싸여 가라앉기를 되풀이하며 하루하루가 흘러갔다.

원래 정해진 서식지가 없는 아나콘다는 가뭄에 혹독하게 시달리지 않을 수도 있었다. 지금은 강마른 호수와 늪을 지나서 동쪽으로 한나절 정도 나아가면 거대한 강의 발원지이며 아직도 신선한 빠라나이바강2)이 흐르고 있었다.

그러나 왕뱀은 자기 강으로 가지 않았다. 자신의 기억이 닿는 조상들의 시대부터 그곳은 자기네 집이나 다를 바 없었다. 물, 폭포, 늑대, 호우... 고독까지. 모두 자신들의 소유이었다. 예전에는.

하지만 지금은 아니었다. 어느 날, 보이는 족족 만지고 베리는 음흉한 욕망에 가득 찬 인간 한 명이 통나무배를 타고 선상지 끝자락에 나타났다. 그 뒤를 이어 다른 인간들이 갈수록 더 많이 그리고 더 자주

---

1) 까말로떼 : 학명은 Gynerium sagittatum. 남아메리카 열대지역 강 또는 지류에 서식하는 거친 수생식물. 물살에 뜯겨 물속에 떠다니다가 서로 엉켜 섬 같은 것이 형성되기도 한다.
2) 빠라나이바강(江), Paranayba : 브라질 남부 지방에서 나서 1,370 킬로미터를 흘러 그란데(Rio Grande)강과 합류하여 빠라나(Paraná)강을 형성한다.

모습을 드러냈다. 그들은 너나없이 악취에 찌들었고, 더러운 마체떼3)를 휘두르며 거침없이 불 지르기 바빴다. 그리고 남쪽에서 줄곧 강 상류로 진입하였다.

아나콘다는 빠라나이바 하류로 며칠을 내려가면 강 이름이 바뀐다는 것은 잘 알고 있었다. 그러나 강을 따라 좀 더 내려가다가 웅대한 낭떠러지 밑에 있는, 끊임없이 흘러가는 그 많은 물을 가두어 둘 만큼 무한할 듯한 그곳은 미지의 세계이었다.

바로 그곳에서 밀림을 병들게 하는 인간, 기중기, 노새들이 밀려오고 있었다. 빠라나이바를 막아 태초의 고요함을 되찾고, 어두운 밤 수증기 모락모락 나는 강물에 머리를 내밀고 휘파람 불며 강을 건너던 예전의 일락(逸樂)으로 돌아갈 수 있다면!...

그랬다! 강을 봉쇄할 수 있는 장벽 같은 것을 만들 수 있다면...

그러자 까말로떼가 번뜩 떠올랐다.

아나콘다가 아직 어린 나이였을 때 뿌리째 뽑힌 수백만 그루의 나무와 뒤엉킨 온갖 수생식물, 거대한 거품 그리고 할퀴어진 진흙이 빠라나강4)으로 휩쓸려 가는 무시무시한 홍수를 이미 두세 번이나 겪었다. 헤아릴 수 없는 그 많은 것들이 모두 어디에서 썩었을까? 상상조차 할 수 없을 만큼의 까말로떼와 물이 떨어지는 저 이름 모를 낭떠러지 밑은 얼마나 큰 곳일까?

---

3) 마체떼 : 밀림에서 길을 내거나 사탕수수 줄기를 자르거나 다른 용도로 사용하는 기다랗고 큰 일자 낫이나 칼.

4) 빠라나강, Paraná : 길이가 4,880 킬로미터이며 남아메리카에서 아마존강 다음으로 긴 강. 브라질 남부 지역에서 나서 아르헨티나 부에노스아이레스시(市) 근교까지 이어진다.

1883년의 물난리와 1894년 홍수의 기억은 아직도 생생했다… 억수가 한 번이라도 내리지 않은 11년 동안, 이 열대의 모든 생명체는 아나콘다처럼 목구멍이 타들어 가고 대홍수를 간절히 바랐을 것이다.

*　*　*　*　*

　어느 날, 파충류 특유의 공기에 대한 감각에 아나콘다가 희망에 들떴고 그의 비늘이 곤두세워졌다. 홍수가 임박하였음을 느낀 것이었다. 그래서 아나콘다는 '은둔자 피에르'5)처럼 모든 강과 개천을 한 군데도 빠짐없이 돌아다니면서 성전(聖戰)을 역설하였다.
　물론 그들의 서식지를 덮친 가뭄은 광대한 유역에 전반적인 현상은 아니었다. 그래서 긴 여정을 마친 다음 빅토리아 수련이 넘치는 습기 자욱한 늪, 그 위에서 굴을 만드는 개미 떼의 포르말린 증기에 아나콘다는 코를 벌렁거렸다.
　예나 지금이나 그리고 앞으로도 밀림의 가장 잔인한 적은 인간이라는 사실을 다른 동물들에게 설득하는 일은 그다지 어렵지 않았다.
　"…강을 막으면 다시는! 다시는 인간들이 이곳에 올 수 없을 거요." 아나콘다는 자신의 계획을 자세히 설명한 다음 마무리할 때 이런 의기찬 표현을 한 번도 빠트리지 않았다.
　"그나저나 비는 어떡하고?" 반신반의하는 눈으로 물쥐들이 물었다.

---

5) '은둔자 삐에르' : 삐에르 레르미뜨(Pierre l'Ermite, 1050~1115). 프랑스 성직자. 예루살렘 성지를 순례하고 1093년에 유럽으로 돌아와 당시 교황 우르바노 2세가 선포한 십자군 전쟁의 필요성을 곳곳에 다니며 선동하였다. 심지어 민병대를 형성하여 십자군 정규군보다 먼저 예루살렘으로 출전하였다고 한다.

"비가 올지 안 올지 어떻게 알지?"

"올 거요! 그리고 생각보다 더 일찍! 내가 장담할 수 있소!"

"그래, 아나콘다 말이 맞아." 독사들이 맞장구쳤다. "그리고 아나콘다가 인간을 겪어봤기 때문에 그들을 잘 알지."

"그렇소! 홍수가 나서 까말로떼 하나, 하나만 떠내려가도 인간 한 놈의 무덤이 될 거요."

"당연하지!" 독사들이 싱긋 미소 지었다. "두 놈까지도 거뜬히 해치울 수 있고..."

"자신만만한데..." 늙은 호랑이가 굼뜨게 하품했다. 그리고 아나콘다를 쳐다보며 기지개를 쭉 켠 다음 물었다. "몰라서 묻는 건데, 진짜 까말로떼로 강을 막을 수 있다고 생각해?"

"물론 이곳에 있는 거 그리고 반경 1,000킬로미터 안에 있는 모든 걸 끌어모아도 모자라지... 사실 자네가 궁금해하는 그게 내가 유일하게 걱정하는 문제야. 여러분, 맞는 말이요! 빠라나이바강(江)과 그란데강 유역의 모든 지류에 있는 까말로떼까지 끌어모아도 폭이 50킬로미터 되는 강을 가로막기에는 턱없는 양이오. 그런데 내가 그런 것조차 내다보지 못할 정도라면 벌써 풋내기 멘수6) 손에 죽었을 거요... 다가올 호

---

6) 멘수 : 19세기 말 파라과이와 아르헨티나 밀림 지대, 특히 벌목장 또는 제르바 재배지에서 일하는 품팔이를 일컫는 말. '월급쟁이'라는 에스빠냐어 낱말 '멘수알레로'를 지역 원주민 구아라니족은 '멘수'라고 하였다. 그러나 낱말의 뜻과는 달리 현실에서는 근대시대의 노예제도와 다를 바 없었다. 삯일꾼을 도급제로 고용하였고, 작업장이 오지에 있다는 점을 악용하여 고용주가 교통수단은 물론이며 인부의 숙소와 생활필수품 가게를 독점으로 운영하면서 터무니없는 가격에 물품을 공급하였다. 품팔이가 선불로 받은 계약금으로는 생계를 이어가기 거의 불가능할 정도라서 외상으로 살아야 했고, 즉 빚을 지게 되고, 그 채무를 갚기 전에는 작업장을 벗어날 수

우에 빠라구아이강7)마저 넘칠 만큼 대홍수가 날 거라는 예감이 아주 강하오. 여러분은 잘 모르지만… 빠라구아이강은 엄청난 강이오. 그곳에 비가 내리면 틀림없이 여기도 비가 내릴 거고, 그러면 우리 대업은 성공할 수밖에 없소. 여러분! 빠라구아이강 유역에는 우리가 평생을 돌아다녀도 끝을 알 수 없는 방대한 까말로떼 습지가 있소!"

"그럴싸한데…" 악어들이 거슴츠레한 표정으로 아나콘다에게 물었다. "멋진 구상인데… 저쪽에 비가 내리는지 어떻게 알 수 있지? 우리는 다리가 튼튼하지 않아서 다녀오기가…"

"맞소…" 혹시 몰라서 10여 미터 떨어져 앉은 물쥐들과 익살맞은 눈빛을 주고받은 다음 아나콘다가 말을 이어갔다. "당신들이 저 먼 곳까지 갈 일은 없을 거요… 하찮은 새라도 날갯짓 서너 번이면 저쪽에서 비 소식을 가져올 수 있소."

"우리는 그런 하찮은 새가 아니오.." 큰부리새들이 되받아쳤다. "우리는 잘 날지 못해서 백 번 정도 날개를 저어야 할 거요. 그렇지만 우리는 아무것도 무섭지 않소. 누구도 우리에게 이래라저래라 간섭할 수 없고 우리는 내키는 대로 날아다닐 거요. 다시 말하자면, 아무것도 무서울 게 없단 말이오."

말을 끝낸 큰부리새들이 파란색 자릿쇠가 박힌 듯한 크고 노란 눈으로 천연스레 다른 동물들을 쳐다보았다.

"아이고, 용감해라…" 거구의 잿빛 독수리 한 마리가 거만한 태도로

없었다.
7) 빠라구아이강, Paraguay 강 : 길이가 약 2,695 킬로미터이며, 브라질에서 나서 볼리비아를 거쳐 파라과이를 지날 때 아르헨티나와 파라과이의 국경 역할을 하다가 빠라나강으로 흘러 들어간다.

나지막이 그리고 표독하게 내뱉었다.

"너희는 물론이고 아무도 무섭지 않아. 비록 우리는 멀리 날지는 못하지만, 겁쟁이는 아니야!" 모두에게 들리게끔 큰부리새들이 한목소리로 외쳤다.

"자, 자, 자..." 언제나 그랬듯이 서로 자기 자랑하느라 회의 분위기가 껄끄러워지자 아나콘다가 완화에 나섰다. "여기 그 누구도 겁쟁이가 아닌 거 모두가 아는 사실이오... 아무튼 저쪽 날씨 소식 전달은 탁월한 큰부리새들이 맡아서 할 거요."

"누가 시켜서가 아니라 우리가 자진해서 하는 거요." 큰부리새들이 다시 입을 모아 소리쳤다.

당장 분위기를 바로잡지 않으면 모든 투쟁 계획이 와해 될 수 있다는 판단이 아나콘다에게 섰다.

"동지들!" 떨리는 휘파람 같은 소리를 내며 아나콘다가 몸을 치켜세웠다. "지금 우리는 사소한 일로 시간을 보내고 있소. 너나없이 모두 같은 처지에 있으니 뭉쳐야 하오. 우리 개개인은 별 볼 일 없는 존재들이오. 그러나 힘을 모으면 이 열대의 주체가 될 수 있소. 동지들! 인간과 맞서 싸워야 하오! 인간이 이곳을 파괴하고 있단 말이요! 저들은 닥치는 대로 열대를 벌목하고 오염시키고 있소! 호우, 서식하는 동물들, 까말로떼, 열병, 독사들, 무엇이든, 가릴 것 없이, 이 열대에 있는 모두를 강에 쏟아부어야 하오! 강을 뒤덮게끔 밀림을 통째로 흘려보내야 한단 말이오! 죽을힘을 다해서! 그것도 모자라면 이 열대마저도 송두리째 강물에 내던져야 한단 말이오!"

뱀들의 어조는 언제나 들어도 매혹적이었다. 모두 들끓어 오르는 열기를 내뿜으며 한목소리로 고함쳤다.

"그래! 아나콘다! 맞아! 닥치는 대로 모두 강에 집어 던져야 해! 쳐 들어가자! 쳐들어가자!"

투쟁의 승패가 이미 가려졌다는 마음에 아나콘다는 비로소 안도의 숨을 내쉬었다. 이러한 특정 기후와 식물들이 자생하는 지역에 서식하는 모든 동물의 마음을 모으기는 좀 어려운 일이 아니다. 하지만 생존의 위협에 시달릴 정도의 참혹한 가뭄으로 절박하고 신경이 날카로울 때 대홍수만큼 설득력과 응집력 있는 확실한 해결책은 없다.

* * * * *

아나콘다가 평소에 머무는 지역에는 가뭄을 더는 견딜 수 없는 지경에 다다랐다.

"그래, 어떻게 되었소?" 조바심을 내며 다른 맹수들이 물었다 "저쪽에서 동참하는 거요? 비가 다시 내릴 게 확실한 거요? 정말 많은 비가 내릴 거란 말이요, 아나콘다?"

"틀림없소. 그믐달이 되기 전에 온 숲이 빗소리에 소스라칠 거요. 그냥 지나가는 비가 아니라 정말 큰비가 올 거요!"

이런 마법 같은 말이 끝나기 무섭게 비통함의 메아리 같은 '비!'라는 함성이 온 밀림에서 터져 나왔다.

"비가 올 거래! 비!"

"그래, 엄청난 비가 올 거요! 그런데 천둥소리만 듣고 섣불리 움직이면 안 되오. 때가 되면 우리에게 소식을 전달해 줄 소중한 동지들이 있소. 북동쪽 하늘에서 큰부리새들이 날아올 것이니 한시라도 눈을 떼지 마시오. 그들이 도착하면 바로 때가 왔다는 뜻이오. 그러니 그때까지 참고 기다려야 하오."

하지만 건조해서 메마른 피부가 갈라지고, 결막염으로 눈이 충혈되고, 힘차게 내딛다가 이제는 걷기는커녕 몸을 가누지조차 못하고 겨우겨우 기어다니는 생명체에게 인내심을 가지라고 하니!...

태양은 시력을 잃을 만큼 눈이 부시는 굳은 진흙 위에 떠 올랐다가 핏빛 같은 수증기만 남기고 지평선을 넘어 허무하게 저물기를 나날이 반복하였다. 깊은 밤, 아나콘다는 무자비한 북쪽에서 몰려올 큰비와 관련된 지푸라기 같은 징조나마 느낄 수 있을까 해서 바라나이바까지 기어갔다. 사실, 견딜 여력이 조금이나마 있는 동물들은 이미 강가에 몰려가 있었다. 그리고 누구 하나 빠짐없이 생명이나 다를 바 없는 물에 젖은 흙냄새를 실바람에서 찾으려 애쓰며 배고픔도 잊은 채 뜬눈으로 밤을 새웠다.

그러던 어느 날 밤, 드디어 기적이 일어났다. 지금껏 맡은 바람과는 전혀 달리 젖은 잎에서 나는 김이 미세하게나마 느껴졌다.

"비!, 비!" 다시 한번 황막한 그곳에 함성이 울려 퍼졌고, 다섯 시간이 지나 동이 틀 무렵 고요함 속 저 멀리서 울리는 둔탁한 천둥소리에 뒤흔들리는 밀림에 드디어 소나기가 쏟아지는 것이었다.

그날 아침에 해가 떴지만, 노란색 대신 주홍색이었고, 그마저도 정오에는 모습을 볼 수 없었다. 그리고 녹슨 은처럼 희고 흐리고, 촘촘한 양탄자 같은 장대비가 갈증에 시달린 땅을 적시었다.

수증기 위에 떠 있는 듯한 밀림에 열흘 밤낮 동안 끊임없이 비가 내렸고, 뙤약볕 아래 불모지 같았던 곳이 이제 저 멀리 나른한 지평선까지 수분층이 펼쳐져 있었다. 다시 살아난 수중식물들이 걷잡을 수 없이 자라서 밀집되는 모습을 한눈에도 알 수 있었다. 그런데 여러 날이 지

낮음에도 북동쪽에서 아무런 기별이 없자 '성전군'(聖戰軍) 사이에 불안감이 번지기 시작하였다.

"안 올 거야!" 누군가 소리쳤다. "우리라도 나섭시다, 아나콘다! 이때를 놓치면 이미 늦을 수 있소! 비는 그칠 거요!"

"그치면 다시 쏟아질 거요! 동지들! 조금만 더 참아 봅시다! 틀림없이 저쪽에도 비가 오고 있을 거요! 큰부리새는 자기네 말대로 잘 날지 못하오. 지금 이쪽으로 오고 있을지도 모르잖소. 딱 이틀만! 이틀만 더 기다려 봅시다!"

하지만 아나콘다는 내심으로는 불안했다. 혹시 자욱한 수증기에 뒤덮인 밀림에서 큰부리새들이 길을 잃지 않았을지? 북쪽에서 몰려오는 호우가 북동쪽에는 아무런 영향을 끼치지 않는 상상하기조차 싫은 불행이 벌어지는 것이 아닐지? 한나절 거리에 있는 빠라나이바는 이미 홍수가 난 지류에서 몰려드는 물에 굉음을 내며 몸부림치고 있었다.

마치 노아의 비둘기를 기다리듯이 속이 타들어 가는 모든 맹수의 시선은 성스러운 전쟁을 시작할 소식이 날아올 북동쪽 하늘에 고정되어 있었다. 하지만 아무것도 보이지 않았다. 그러다가 드디어 호우의 안개 속에서 비에 흠뻑 젖어 저온에 몸이 굳은 큰부리새들이 깍깍거리며 모습을 드러냈다.

"엄청난 비가 내리고 있소! 이 지역에 비 안 오는 곳이 없소! 물 때문에 온 사방이 하얗게 밖에 보이지 않소!"

그러자 야생의 함성에 자연이 뒤흔들렸다.

"가자! 승리를 위하여! 당장 쳐들어가자!"

빠라나이바가 범람하니 그토록 기다리던 때가 왔다고 볼 수 있었다. 그곳에서 거대한 호수까지의 모든 늪은 까말로떼가 출렁이며 떠다니는 고요한 바다처럼 변했다. 북쪽에는 점점 불어나는 물에 녹지가 여지없이 뜯기고, 거세게 퍼져나가는 곡선은 주변의 숲들을 닥치는 대로 할퀴어 삼키는 듯하였고, 생물체와 무생물체 모두 급물살에 휩쓸려 남쪽으로 흘러내리고 있었다.

드디어 때가 온 것이었다. 이 지역의 모든 사물과 생물이 급습에 가담하고 있었다. 어제 피어난 빅토리아 수련, 불그스레한 늙은 악어, 개미, 호랑이, 까말로떼, 뱀, 거품, 거북이, 토끼들이 떠내려가고, 하늘은 또다시 폭우를 쏟아붓기 시작하여, 아나콘다의 눈앞에서 밀림은 천지를 후려치는 굉음을 지르며 걷잡을 수 없는 범람 사태로 빠져들고 있었다.

이러한 상황을 지켜보던 아나콘다는 드디어 빠라나이바 쪽으로 몸을 맡겨 떠내려갔다. 그곳에서 뿌리째 뽑혀 자축 회전하면서 급류에 떠내려오던 삼나무에 몸통을 휘감은 다음 미소를 지으며 긴 숨을 내쉬고 저무는 해를 바라보다가 자신의 유리구슬 같은 눈을 느긋하게 감았다.

아나콘다는 만족스러웠다.

* * * * *

이렇게 미지의 세계를 향한 기적 같은 일정의 막이 올랐다. 구아이라8)를 지나 강의 폭이 반으로 줄어드는 거대한 분홍색 사암 낭떠러지 너머 저 멀리에는 무엇이 있는지 아나콘다는 아는 바가 없었다. 따꾸아리9)를 따라 빠라구아이강 유역까지 가 본 적은 있지만, 빠라나강의 중류나 하류는 그에게는 그야말로 상상에나 존재할 법한 세상이었다.

---

8) 구아이라 : 브라질과 파라과이 사이에 있는 폭포 지역.
9) 따꾸아리 : 브라질 지역 빠라구아이강의 지류.

· 아나콘다의 죽음 ·

그러나 주변의 모든 물체가 기세등등하게 물 위에서 춤추듯 흘러 내려가는 장관을 지켜보면서 머리가 개운해지고 비에 불볕더위를 식힌 왕뱀은 느긋하게 흰색 대홍수에 몸을 맡겨 떠내려가면서 출렁임에 온몸이 나른해졌다.

그렇게 빠라나이바를 내려갔다. 무에르또강(江)을 지나면서 소용돌이가 수그러드는 모습을 보았고, 떠내려가던 숲이 통째로, 삼나무 그리고 아나콘다 자신도 물보라 속으로 빨려들어 구아이라의 급경사면으로 떨어져 계단 모양의 폭포를 지나 끝이 보이지 않는 비탈면으로 쓸려 내려갈 때는 정신을 가누기가 거의 불가능하였다. 급격하게 폭이 좁아진 강의 바닥에서 붉은 흙탕물이 치솟아 올랐다. 그러나 이틀 뒤 그 높던 구릉들이 두 갈래로 나뉘고 강물은 마치 기름이 흐르듯 소용돌이도 아무 소리도 없이 시간당 겨우 14킬로미터 정도의 속도로 흘러갔다.

새로운 경치와 기후가 펼쳐졌다. 맑은 하늘과 따사로운 햇볕에 이른 아침의 안개가 순식간에 걷히었다. 아직 젊은 아나콘다는 어린 시절의 기억이 가물가물하게 남아있는 미시오네스10)의 아침 풍경을 호기심 찬 눈으로 둘러보았다.

강변 쪽으로 몸을 돌리자 아직 어두운 강기슭에 있는 젖은 통나무배 선미에 걸쳐진 긴 어깨걸이 같은 우윳빛 물안개가 서서히 사라지면서 그 위로 동녘이 트고 있었다. 자갈밭이 넓게 펼쳐진 여울을 지나면서 물에 대한 현기증을 다시 피부로 느꼈다. 매끄럽고 어지러운 곡선으로 흘러오던 강물은 자갈의 저항을 받아 마치 부글부글 끓어오르는 듯 보

---

10) 미시오네스, Misiones : 아르헨티나 북동쪽에 있는 주(州). 브라질과 파라과이와 접경하며 면적이 29,801 제곱킬로미터이고, 이구아수 폭포가 있으며 아르헨티나에서 세 번째로 작은 주이다.

23 《내쫓긴 자들》

였고, 급류에 휩쓸려 자갈에 부딪혀 죽은 피라냐의 피로 물들었다. 오후가 되면서 중앙 부위가 붉고 새하얗게 이글거리는 태양이 부채모양의 하늘을 태워 녹일 기세를 뻗쳤고, 하늘에 드문드문 떠다니는 흰 뭉게구름의 테두리는 불꽃에 물어뜯기는 듯 보였다.

이런 상황이 전혀 낯설지 않았지만, 아나콘다는 마치 몽환상태에 빠져 있는 듯하였다. 어느 날 밤, 휩쓸며 내려가는 대홍수의 뜨거운 기운을 느끼면서 강물에 몸을 맡겨 떠내려가던 보아가 심상치 않은 흔들림에 잽싸게 몸을 감싸 움츠렸다.

삼나무가 예상치도 못한 물체나 강에서는 좀처럼 보기 힘든 무엇인가에 부딪혔다.

걷잡을 수 없이 오른 수면에 또는 물에 반쯤 잠긴 채 떠내려가는 물체들이 무엇인지 알아차리는 데는 별 대단한 상상력이 필요 없다. 지금까지 본 적이 없는 동물들이 저 북쪽 상류에서 익사해서 떠내려오다가 까마귀 떼에 쪼여 서서히 가라앉는 모습은 아나콘다의 눈에 익숙한 장면이었다. 급류에 꺾인 나뭇가지로 기어오르는 수백 마리의 달팽이들 그리고 이들을 부리로 사정없이 쪼는 야생 비둘기들도 눈에 생생하였다. 달빛 아래 등지느러미로 물살을 가르며 강을 거슬러 오르다가 갑자기 굉음을 내고 꼬리를 치면서 물속 깊이 잠기는 프로킬로돈11)의 모습도 심심찮았다. 이들 모두 여느 대홍수가 났을 때 으레 볼 수 있는 풍경의 한 부분이었다.

그러나 지금 물에 떠밀려 가는 둥둥섬 같은 까말로떼 위에 걸친 채

---

11) 프로킬로돈 : 학명은 Prochilodontidae. 주로 파라과이와 아르헨티나 북부 지역에서 발견된다. 두툼한 주둥이에 작은 이빨들을 지니고 있다. 산란하기 위하여 강 상류로 오르며 마치 오토바이처럼 웅웅거리는 소리를 낸다.

아나콘다와 부딪친 물체는 어느 오두막의 맞배지붕 같아 보였다.

지반이 약하고 불안정한 습지 가장자리에 지은 집이었을까? 혹시 급류에 떠밀려 가다가 겨우 이곳에라도 피신한 인간이 있을까?

아나콘다는 물에 떠 있는 그 물체를 비늘을 곤두세우고 무한한 경계심으로 둘러보았다. 아니나 다를까, 짚 지붕 아래에 남자 한 명이 누워 있었다. 그러나 그 남자의 울대뼈 부위에는 운명을 돌이킬 수 없는 큰 상처가 보였고 마지막 순간만을 기다리고 있었다.

한동안 꼬리 끝조차 움직이지 않고 아나콘다는 자신의 적을 뚫어지게 보았다. 분홍빛 사암 낭떠러지들 사이에 있는 이런 곳에서 아나콘다가 인간을 만난 적이 있다. 그때 일어난 일 중 딱히 기억에 남는 사건은 없지만 어쩌다가 어렴풋이 그때가 떠오를 때마다 자신에 대한 엄청난 거부감과 역겨운 감정이 솟구치곤 하였다.

인간과 다시 친구로 지내는 그런 일은 절대 없을 것이다. 지금 일어나는 이 모든 일이 인간을 상대로 벌이는 전쟁 아닌가?

그렇게 몇 시간이 지났지만, 아나콘다는 꿈쩍도 하지 않았다. 나중에 그가 똬리를 풀고 둥둥섬 가장자리에 다가가서 머리를 물에 내밀었을 때 아직도 어둠이 가시지 않았다.

그는 물에서 나는 비린내로 뱀들이 접근하는 것을 알아차렸다.

그랬다. 수많은 뱀이 다가왔다.

"뭐 하는 거요?" 아나콘다가 물었다. "이런 홍수 때에는 까말로떼에서 벗어나면 안 된다는 거 알지 않소."

"알다마다." 불청객들이 대답했다. "그렇지만 여기 인간이 한 놈 있잖아. 밀림의 적. 비켜 줘, 아나콘다."

"뭐 하러? 안 돼! 저 인간은 아주 심하게 다쳤어... 죽은 거나 마찬

25 《내쫓긴 자들》

가지야."

"우리가 뭘 하든 무슨 상관이야? 그리고 어차피 죽을 놈인데… 그러니까 비켜, 아나콘다!"

아나콘다가 몸을 치켜세워 공격 자세를 취했다.

"분명히 말하는데, 그렇게 못 해! 물러서! 저 다친 인간은 내가 알아서 할 거야. 한 발짝이라도 더 다가오면 가만히 안 둔다!"

"조심해라!" 독이 든 귀밑샘이 부풀어 오른 독사들이 날카로운 휘파람 소리를 내며 되받아쳤다.

"뭘 조심해야 하는데?"

"니가 하는 짓 조심하란 말이야. 인간에게 매수된 놈!… 기껏해야 꼬리 긴 도마뱀…!"

방울뱀은 말을 끝내지 못했다. 아나콘다의 공성 무기 같은 머리 공격에 아래턱뼈가 순식간에 으스러지고 미끈한 복부를 드러내 보이며 죽어서 물 위에 떴다.

"내 말 잘 들어!" 아나콘다의 목소리가 날카로워졌다. "너희 중 한 명이라도 다가오면 이곳 미시오네스에 사는 뱀이라는 뱀의 씨를 모조리 말려버릴 거다! 내가 매수되었다고? 열린 입이라고 함부로 지껄이지 마… 다들 돌아가! 다시 말하지만, 낮이든 밤이든 절대로 이 인간 곁에 얼씬거리지 마! 알겠어?"

"좋아. 알았어." 어둠 속에서 야라라꾸수[12]가 음흉한 목소리로 받아쳤다. "하지만 언젠가 이번 일의 대가를 치러야 할 거야, 아나콘다."

"예전에 너희 중 한 놈에게 같은 말을 들었고 대가를 치른 적이 있

---

12) 야라라꾸수 : 학명은 bothrops jararacussu. 독사이며 주로 남아메리카 밀림 지역에 서식하고 독니 길이가 2 센티미터이다. 큰 야라라(yarará)로 불리기도 한다.

는데 별로 달가워하지 않더군. 그리고 너, 잘난 야라라13), 몸을 사리는 게 좋을 거야! 그럼, 다들 조심해서 돌아가!"

이번에도 아나콘다는 마음이 편치 않았다. 이미 베인 목에서 피가 드러나 보이고 죽어가고 있으며 자신과 전혀 무관한 그깟 멘수 한 놈 때문에 구태여 그런 말을 하고 그렇게까지 행동해야 했을까?

동녘이 트고 있었다.

'에라...' 남자를 마지막으로 쳐다보며 아나콘다가 생각했다. '이 인간 때문에 고민하고 있다니... 어차피 별 볼 일 없는 인간이고 한 시간도 못 넘기고 죽을 건데...'

께름칙한 느낌을 떨쳐버리려는 듯이 꼬리를 거드름스레 휘두른 다음 자신의 둥둥섬 중앙에 똬리를 틀고 웅크렸다.

하지만 온종일 주변의 까말로떼에서 한시라도 눈을 뗄 수 없었다.

해가 저물자 익사한 다른 수천 마리의 개미 떼 위에 높은 원뿔형으로 모여 있던 개미 무리가 다가왔다.

"아나콘다, 우리가 한 가지 따지러 왔소." 그들이 말했다. "거기 누워 있는 인간은 우리의 적 아니오? 우리는 보지 못했지만, 그를 본 뱀들 말로는 지금 그 남자가 자고 있는데 왜 그를 죽이지 않소?"

"안되오. 그냥 지나가시오."

"아니요, 아나콘다. 다른 뱀들이 죽이게끔 내버려 두시오."

"그것도 안 되오. 홍수 때 지켜야 할 규칙을 잊었소? 이 섬은 내 것이고 현재 내가 차지하고 있소. 그러니 상관 말고 그냥 가시오."

"그런데... 기분 나빠 하지 마시오, 아나콘다. 사실은... 뱀들이 모두

---

13) 야라라 : 각주 12 번 '야라라꾸수' 참고.

에게 당신이... 인간에게 매수되었다고 말하고 있소."

"그런 헛소문을 누가 믿겠소?"

"하기야... 누구도 그런 말을... 그런데 그나저나 호랑이들이 불만이 있나 보오."

"그래요?... 그렇다면 자신들이 직접 와서 따져야지."

"그러네요, 아나콘다."

"잘 들으시오, 동지들. 살펴 가시오. 그리고 물에 빠지지 않게 조심하고. 나중에 여러분의 큰 도움이 필요할 거요. 나를 믿으시오. 그리고 나는 예전에도, 지금도, 그리고 앞으로도 밀림의 딸이라는 말을 모두에게 전해주시오. 잘 가시오, 동지들."

"그럼, 잘 계시오, 아나콘다." 개미들이 서둘러 대답하고 어둠 속으로 사라졌다.

한낱 같잖은 비방 따위가 밀림에 서식하는 모든 동물에게서 받는 존중과 사랑을 훼손할 수 없을 만큼 아나콘다는 언제나 지혜와 충성을 충분히 증명해 보였다. 그가 방울뱀과 모든 종류의 야라라를 그다지 달갑게 여기지 않는 점은 공공연한 사실이지만, 홍수 때에는 독사들의 역할이 막대하여 아나콘다는 이들을 달래기 위하여 곳곳을 돌아다녔다.

"서로 감정 상하는 거 원치 않소." 아나콘다가 독사들에게 말했다. "지금까지 해 왔듯이 투쟁이 끝날 때까지 내 혼신을 이 홍수에 바칠 생각에는 변함이 없소. 다만 섬이 내 것이니까 내가 내키는 대로 하겠다는 거뿐이오."

아무 반응이 없었고 마치 귀가 먹은 듯 뱀들은 차디찬 눈길조차 아나콘다에게 주지 않았다.

"심상치 않은데!" 멀리서 지켜보던 홍학들이 중얼거렸다.

· 아나콘다의 죽음 ·

"으이그!" 물을 줄줄 흘리며 악어들이 통나무에 올라갔다. "그냥 아나콘다를 내버려 두지... 알아서 할 건데. 그리고 어차피 인간은 이제 죽었을 텐데."

그런데 남자는 죽지 않고 아직 살아 있었다. 이미 사흘이 지났음에도 마지막 숨을 내쉬는 소리를 아직 듣지 못한 아나콘다는 무척 의아해하였다. 그래서 한시라도 감시를 소홀히 하지 않았다. 다행히 뱀들의 모습이 더는 보이지 않았지만, 여의찮은 다른 상황들로 그의 심기가 편하지 못하였다.

인간보다 수로학(水路學)에 더 뛰어난 뱀의 본성에 따르면 이미 빠라구아이강 근처에 다다랐어야 했다. 아무리 대홍수가 발생하여도 이 강에 휩쓸려 드는 까말로떼 없이는 이 투쟁은 아예 꿈도 꿀 수 없는 일이다. 사라에스[14]의 무한한 늪지대에서 내려오는 18만 제곱킬로미터[15]의 까말로떼와 빠라나이바가 끌어오는 거대한 푸른 빛 융단이 합세하여 빠라나강으로 흘러 들어오면 하늘 아래 모든 생물과 사물이 뒤덮인다는 말의 뜻은 감히 헤아릴 수 없는 개념이다. 지금 떠내려가는 밀림의 모든 동물은 이런 천재지변의 위력을 이미 아나콘다를 통하여 알고 있었다. 그래서 시간이 흐르면서 떠내려오는 식물들을 알아보기 위하여 강물을 유심히 살피는 데 급급한 나머지 짚 맞배지붕, 다친 남자 그리고 앙금 따위는 성전군의 관심 밖으로 밀려났다.

'혹시 큰부리새들이 너무 간절한 나머지 변변찮은 빗줄기를 홍수로 착각했을까?' 아나콘다가 생각해 보았다.

---

14) 사라에스, Xarayes : 브라질 마뚜그로수(Mato Grosso)의 밀림-늪 지역
15) 18만 제곱킬로미터 : 대한민국 국가지도집 제3권에 의하면 2020년 말 기준 남한의 면적은 10만 제곱킬로미터 남짓이다.

"아나콘다!" 어둠 속 이곳저곳에서 그를 부르는 소리가 들렸다. "아직 다른 강물이 몰려오지 않은 거요? 혹시 우리가 속은 것 아니오?"

"그럴 리 없소." 왕뱀이 침통하게 대답했다. "하루만 더 기다리면 다른 강물이 밀려올 거요."

"하루 더? 강폭이 넓어지는 바람에 물살이 힘을 잃고 있는데! 그런데도 더 기다리라니!... 같은 말만 하고 있소, 아나콘다!"

"조금만 더 참으시오, 동지들! 내 속이 더 타들어 가고 있소!"

다음 날은 극도로 건조해서 무척 힘들었다. 아나콘다는 자신의 둥둥섬 위에서 꼼짝도 하지 않고 상황을 지켜보면서 하루를 보냈다. 해가 저물 무렵 햇빛의 반사로 불타는 듯한 아나콘다의 몸통은 마치 강물을 가로지르는 기다랗고 눈부신 금속 막대기 같아 보였다.

그날 밤 어둠 속에서 몇 시간 전부터 둥둥섬 사이를 안절부절 돌아다니며 물맛을 보던 아나콘다가 갑자기 승리의 환호를 터뜨렸다. 떠내려오는 어느 거대한 둥둥섬 주변 물에서 올리덴 지역 까말로떼의 짭짜름한 맛을 느낀 것이었다.

"살았소, 동지들!" 소리쳤다. "빠라구아이 강물이 드디어 내려오고 있소! 저쪽에도 대홍수가 난 게 틀림없소!"

빠라구아이강에서 내려오는 굳은 땅 같이 응집된 까말로떼 군락이 드디어 빠라나강에 흘러든다는 소식을 듣자, 밀림에 서식하는 동물들의 사기가 순식간에 되살아났다.

* * * * *

다음 날, 합류한 이 거대한 두 강의 위엄을 높이 사기라도 하듯 하늘은 더없이 맑았다.

얽히고설킨 수중식물 군락들이 용접된 듯하고 방대한 섬 같은 형태로 강을 뒤덮은 채 흘러갔다. 고무된 동물들은 강기슭이나 수심이 얕은 곳에서 방향을 잃은 채 제자리에서 맴도는 까말로떼가 보일 때마다 이구동성으로 소리쳤다.

"비켜! 얼른 비키라고!"

장애물을 만나자 수압이 급격히 높아졌다. 떠밀려 내려오던 까말로떼와 나무줄기들은 자체의 무게와 관성으로 소용돌이에서 벗어났다.

"멈추지 말고! 길을 터! 길!" 강 한쪽에서 건너편 기슭까지 함성이 울렸다. "승리의 여신은 우리 편이야!"

아나콘다 역시 그렇게 믿었다. 그의 꿈이 실현되기 직전이었다. 그래서 오만에 넘친 승자의 눈빛으로 맞배지붕 어둠 속을 살폈다.

남자는 이미 숨을 거둔 상태이었다. 손끝 하나 위치가 변하거나 수축한 게 없고 입도 열린 그대로였다. 처음 발견했을 때와 다른 모습이 한 점도 없었지만 남자는 이제 이 세상 사람이 아니었다. 아마 몇 시간 전에 마지막 숨을 내쉬었을지도...

당연한 결말이기에 애초부터 마음의 준비는 된 상황이었지만 아나콘다는 야릇한 느낌에 몸이 굳었다. 원수이지만, 가해자이지만, 종족의 비참한 삶의 원흉이지만, 그리고 무엇을 한들 돌이킬 수 없는 운명임에도 이 더럽고 칙칙한 멘수가 그를 위해 숨을 붙이고 살아 있을 의무라도 있는 듯...

그까짓 인간 따위가 왜 신경이 쓰였을까? 적대적이었던 삶의 남은 시간을 조용히 보낼 수 있게끔 독사 무리에게서 그리고 대홍수의 어둠 속에서 그 남자를 지켜준 것은 무슨 이유에서일까?

왜 그랬을까? 왜 그랬는지 그다지 알고 싶지 않았다. 그냥 죽은 자(者)를 지붕 밑에 내버려 두고 더는 그 인간을 떠올릴 막연한 이유조차 없었다. 아나콘다가 신경을 써야 할 다른 일들이 쌓여 있었다.

그랬다. 이 대홍수의 결말에 관하여 아나콘다가 예상치 못한 위협이 드러나고 있었다. 며칠 동안 따뜻한 물에 떠내려오던 버드나무들이 썩기 시작하였다. 이런 나무들 사이로 큰 거품들이 올라오고 누글누글해진 씨앗들이 덕지덕지 달라붙었다. 한동안 상류에서 범람할 정도의 물이 내려오고 강 구석구석에는 꿈틀거리는 초록빛 융단이 그 물을 빈틈없이 뒤덮고 있었다. 그러나 지금은 초기의 탄력과 기세가 한풀 수그러지고 물의 속도가 급격히 떨어진 하류에는 아직 드문드문 침수되지 않은 지역으로 물이 힘겹게 빠져나가고 있었다.

좀 더 내려가면, 수심이 얕은 곳을 벗어날 힘을 잃은 거대한 둥둥섬들이 여기저기서 해체되고, 이들에게서 떨어져 나온 식물들은 번식의 꿈을 이루기 위하여 깊은 강어귀로 흘러가고 있었다. 흐늘거림과 온화한 조건에 까말로떼들은 강변에서 밀려오는 역류에 떠밀려 두 갈래의 큰 곡선 모양으로 빠라나강을 천천히 거슬러 올라가다 결국은 강기슭을 따라 멈추어서 다시 자라기 시작하였다.

이렇게 홍수를 잠식하며 사방으로 퍼져 나가는 나태한 현실 앞에서 아나콘다도 어쩔 수가 없었다. 그는 불안한 마음을 어떻게 가라앉힐지 몰라 둥둥섬 위에서 안절부절못하며 오갔다. 손 닿을 듯한 거리에 있는 남자의 시신은 부패하기 시작하였다. 틈나는 대로 다가가서 썩는 열을 들이쉬었고, 자신이 태어난 봄날처럼 따뜻한 몸통을 물에 담가 잠깐이라도 헤엄치려고도 하였다.

그러나 그렇게 하기에는 물이 너무 차가웠다. 지붕 아래에는 멘수의 시신이 있었다. 그의 죽음은 아나콘다 자신이 그토록 지키려고 애쓴 존재의 허무한 결말에 불과한 것이었나? 그리고 그 존재가 남긴 것이래야 기껏해야 무상(無常)인가?

아나콘다는 자기 목숨처럼 지키려던 남자의 시신 옆에 마치 성전(聖殿)에서 몸을 가누듯이 매우 조심스럽게 똬리를 틀었다. 그리고 죽은 인간이 감사하는 마음을 표하는 듯한 썩는 시체의 후끈거리는 열 옆에서 알을 낳기 시작했다.

* * * * *

사실 대홍수는 이미 힘을 잃었다. 비록 수많고 거대한 지류들이 합류하였고 물살이 거침없이 몰아붙였지만, 지나치게 넘쳐난 수중식물들이 도리어 대홍수의 위력을 갉아먹는 결과를 낳았다. 아직도 까말로떼 군락들이 지나가지만 "비켜! 얼른 비키라고!"라고 쩡쩡 울리던 그 외침은 이미 기억 속에 파묻혔다.

이제 아나콘다는 포기했다. 물거품보다 더 하찮게 끝나리라는 확신이 섰다. 강을 막지 못하고 범람한 물들이 온 사방으로 맥 빠진 채 흐지부지 끝없이 퍼져나갈 것이라고 직감했다. 이제 자기 앞날에 그 어떤 희망도 없는 처지이지만 아나콘다는 후끈후끈한 시신 옆에서 종(種)의 번식을 위해 알을 계속 낳았다.

무한히 넓고 차가운 물에서 까말로떼들이 흐트러지고 끝이 보이지 않는 수면 위로 널브러지고 있었다. 떠내려왔던 모든 물체가 어지럽게 출렁이는 길고 무딘 물결에 흐느적대고, 디딜 곳 잃고 저온에 굳어버린 육지 식물들은 강 하구의 차가운 물 속으로 가라앉고 있었다.

* * * * *

저 멀리 맑은 하늘에 이 거사의 승자인 큰 선박들이 내뿜는 연기가 보였다. 흰색 굴뚝의 증기선 한 척이 흐트러진 둥둥섬들 사이를 천천히 누비고 있었다. 저쪽 끝없이 파란 하늘 아래 아나콘다는 자신의 섬 위에서 꼿꼿한 자세로 있었다. 아직 거리가 멀어서 작게 보였지만 10미터나 되는 거구는 주변의 시선을 끌 수밖에 없었다.

"저기!" 증기선에서 한 남자가 소리쳤다 "저 섬! 큰 뱀이다!"

"엄청난 괴물이다!" 다른 승객이 소리쳤다. "저기, 쓰러진 움막이 보여! 틀림없이 사람을 죽였을 거야!"

"산 채로 집어삼켰을지도! 이런 괴물들은 닥치는 대로 집어삼키는 것들이라서. 총으로 쏴 죽여도 시원찮지."

"더 다가가지 말고 조심합시다!" 맨 처음 입을 연 남자가 소리쳤다. "저 괴물이 흥분해 있을 수도 있고 우리를 발견하는 즉시 공격할지도 모르오. 정말 여기서 맞힐 수 있겠소?"

"어디... 밑져야 본전이니 한 발 쏴 봅시다..."

녹색 점들이 박힌 듯한 강 하구를 노랗게 물들이는 햇빛 아래 떠 있는 증기선이 아나콘다의 눈에 들어왔다. 무심코 그쪽을 쳐다보던 중 어느 순간 뱃머리에서 연기 한 모금이 오르는 것을 감지하자마자 그의 머리가 튕겨 섬의 통나무에 부딪혔다.

아나콘다가 어리둥절하며 다시 몸을 가누려고 하였다. 머리인지 몸 어딘가에 일격을 당했는데 무슨 일인지 알아차리지 못했다. 분명 무슨 일이 일어나긴 했는데. 먼저 몸이 굳어지는 듯하더니 이어서 주변이 어두워지고 목이 흔들거리며 자기 머리가 아니라 주변에 있는 사물들이 출렁이는 듯 보였다. 순간 자기가 태어나고 자란 밀림이 위아래가 뒤바뀐 채 생생히 눈앞에 펼쳐졌고 그런 풍경 속에 미소 띤 멘수의 얼굴이 투시되었다.

'많이 졸리는데…' 생각하며 눈을 뜨려고 했다. 크고 파란색을 띤 알들이 맞배지붕에서 굴러 나와 섬 위에 나뒹굴었다.

'이제 잠을 좀 자야 하…' 계속 생각했다. 알들 주변에 자기 머리를 사뿐히 내려놓으려 했지만, 마지막 꿈속으로 빠지면서 그의 머리가 무겁게 바닥에 떨어졌다.

• 내쫓긴 자들 •

여느 국경 지역과 다를 바 없이 미시오네스 역시 특이한 인물들이 많이 사는 곳이다. 이들은 평범하게 쿠션에 부딪히지만 예상치 못한 쪽으로 튕겨 나가는 회전 먹은 당구공처럼 기이한 운명을 타고난 사람들이다. 기껏해야 몇 시간 동안만 예수회 유적지를 둘러보고자 들렀다가 눌러앉은 지 25년이 넘은 후안 브라운(Juan Brown), 오렌지 증류주 사업에 빠져 자기 딸을 쥐새끼로 착각한 엘세(Else) 박사, 메탄올에 중독되어 남포등 심지처럼 인생을 마감한 화학자 리베(Rivet), 그리고 이들뿐만 아니라 많은 인물이 별난 운명으로 상상 밖의 삶을 이곳에서 이어가고 마무리했다.

벌목과 제르바 마떼16) 재배가 한창이던 시절 알또 빠라나17) 지역에 살던 유별난 인물 중 두세 명에 관하여 전해 내려오는 이야기를 30년 뒤에 알게 되었다.

이들 중 가장 먼저 손꼽히는 인물은 자기가 소유한 윈체스터 연발총의 성능을 시험해 본답시고 눈에 띄는 행인 아무에게나 서슴없이 총질할 정도로 사람의 목숨을 대수롭지 않게 여기던 자(者)이었다. 꼬리엔떼스18)에서 태어났지만, 싣니 피츠 패트릭(Sidney Fitz-Patrick)이라는 이름에서 드러나듯이 그는 앵글로·색슨족의 어투와 풍습을 고스란히 지녔고, 아울러 그의 견문은 옥스퍼드 대학 졸업생보다 더 뛰어나고 넓은 면이 있었다.

두 번째 인물은 피츠 패트릭과 같은 시절에 미시오네스에 살았는데, 주변 지역의 온화한 원주민 부족의 족장이고, 주민들은 그를 뻬드리또19)라고 불렀다. 뻬드리또의 부족은 벌목 작업지20)에서 생전 처음으로 바지라는 물건을 구매하였다. 원주민 같아 보이지 않는 외모의 이 족장 입에서 서양 언어 한마디를 누구도 들어본 적이 없었다. 그런데

---

16) 제르바 마떼 : 마떼차(茶)의 원자재인 잎. 간략하게 '제르바'라고도 한다. 그리고 그냥 '마떼'라고 하면 마떼차 또는 호리병박으로 만든 용기를 일컫는다.
17) 알또 빠라나, Alto Paraná : 아르헨티나 미시오네스주(州)와 접하는 파라과이(Paraguay)의 지역 명칭.
18) 꼬리엔떼스, Corrientes : 아르헨티나 북동쪽에 있는 주(州). 미시오네스 그리고 파라과이와 인접하고 우루과이강을 사이에 두고 브라질 그리고 우루과이와 접경한다. 면적이 88,199 제곱킬로미터이다.
19) 뻬드로(Pedro)라는 이름의 지소사. 친구가 아닌 원주민 부족의 족장을 이렇게 부르는 행위에는 상대를 깔보는 속내가 있다.
20) 벌목 작업지 : 아르헨티나 북동 지역에서 벌목 사업이 한창일 때 밀림 군데군데 작업하는 인부들이 지낼 수 있는 움막, 생활필수품 판매점, 통나무 작업장 및 운반 기구와 아울러 증기선 선착장까지 갖춘 기반 시설이 있었다.

어느 날 '라 뜨라비아따'(La Traviata)의 아리아를 휘파람 부는 남자 옆에서 가만히 듣던 족장이 완벽한 에스빠냐어로 중얼거렸다.

"라 뜨라비아따… 몬떼비데오에서 공연을 본 게 59년도이었나?"

금 채굴이나 고무 채집하는 지역에서조차 이 족장처럼 낭만적인 면을 지닌 인물은 절대 흔하지 않다. 그러나 벌목 작업지와 구아이라 강변의 제르바 재배지 인부와 관리인들의 생사가 지옥 같은 급류와 싸우며 몇 달 동안 밧줄을 끌어당겨 겨우 도착하는 큰 거룻배로 조달되는 필수품에 달렸고, 행여 뱃머리 끝 부위가 거의 수면에 닿을 만큼 파손된 물품, 육포, 노새 그리고 죽기 살기로 밧줄을 끌어당기는 멘수들로 미어터지는 거룻배가 가라앉기라도 하여, 떠내려가는 따꾸아라21)에 몸을 실어 겨우 몇 명만 살아 돌아오는 유럽 문명이 이구아수 폭포 북쪽으로 갓 전파되던 그 시절에는 어디에 내놓아도 전혀 손색이 없는 인물들이 꽤 있었다.

지금까지 전해져 내려오는 그 초기의 멘수 중에 흑인 조아우 뻬드루(João Pedro)를 빼놓을 수 없다.

그는 어느 날 오후 바지를 무릎까지 걷어 올린 모습으로 느닷없이 숲속에서 나타났다. 그리고 여덟 명에서 열 명 정도의 브라질 사람들이 그의 뒤를 따라 나왔다.

사실 그는 군 장성이었고 일행은 살아남은 부하들이었다. 요즘과 그리 다르지 않게 당시에도 브라질에서 난동이나 반란이 일어날 때마다 피비린내에 절은 모습으로 미시오네스에 피신하는 이들이 넘쳐났다. 물

---

21) 따꾸아라 : 학명은 Guadua chacoensis. 대나무과 식물. 견고하며 속이 빈 것과 꽉 찬 것이 있는데 약 12 미터 정도까지 자라며 창대 제작에 많이 사용되었다.

론 피 묻은 마체떼를 이웃 나라에 피신한 다음 안도의 숨을 내쉬며 닦지 못하고 밀림에서 죽는 이들도 헤아릴 수 없을 만큼 많았다. 조아우 뻬드루는 밀림 지역에 관한 남다른 지식 덕분에 단숨에 사병에서 장성으로 승진하였다. 일행은 몇 주 동안 쥐새끼처럼 미지의 자연림 속에서 헤매다가 간신히 밀림을 벗어나 빠라나강에 다다랐을 때 실명할 만큼 눈이 부시는 윤슬을 바라보며 아픈 눈을 껌벅거렸다. 드디어 밀림의 끝자락이자 피신의 종착점에 도착한 것이었다.

더 동행할 이유가 없는 그들은 뿔뿔이 흩어졌다. 조아우 뻬드루는 빠라나강 상류 쪽으로 거슬러 올라가 벌목 작업지에서 일하며 당분간 별 탈 없이 지냈다. 그런데 얼마 뒤 그가 밀림 깊숙한 곳에서 작업해야 하는 측량기술자를 따라갔는데, 나중에 홀로 돌아와서 그저 무뚝뚝한 말투로 다음과 같은 설명을 내뱉었다.

"Después tivemos um disgusto. E dos dois, volvió um solo."22)

그 사건 이후 그는 몇 년 동안 어느 외국인 목장에서 일했다. 초원에서 가축을 돌보는 일을 맡았는데, 단지 사냥터에 뿌려서 호랑이를 유인하는 데 필요한 질산칼륨 성분이 있는 소금을 구하기 위해서이었다. 그런데 어느 날 호랑이를 사냥하기 아주 적합한 곳에 누군가의 고의적인 짓으로 송아지들이 병들어 죽는 사실을 눈치챈 목장 주인이 조아우 뻬드루를 호되게 질책하였다. 그 자리에서 흑인은 아무 반응을 보이지 않았다. 그런데 다음 날, 마치 제르바에서 줄기를 제거하듯 마체떼로 내리친 흔적으로 몸에서 성한 부위 한 뼘을 찾아보기 힘든 상태로 목장

---

22) "둘 사이에 언짢은 일이 있었고, 두 명 중 한 명만 돌아온 것뿐이요."

주인이 오솔길에서 발견되었다.

이번에도 조아우 뻬드루는 그냥 예사롭게 대답했다.

"Olvidóse de que eu era home como ele... E canchei o francéis."23)

사실, 목장 주인은 이탈리아 사람이었지만, 조아우 뻬드루는 전혀 개의치 않고 모든 외국인을 싸잡아 '프랑스 놈'이라고 불렀다.

몇 년 뒤 이베라24) 지역에서 어느 농장으로 걸어가는 전(前) 브라질 흑인 장성의 모습이 발견되었다. 어떻게 그가 이곳으로 이주했는지 알려진 바가 없다. 언급된 농장의 주인은 품삯을 요구하는 일꾼들에게 특이한 방법으로 지급하는 것으로 널리 알려진 인물이었다.

조아우 뻬드루가 소문난 이 농장주 밑에서 일을 시작했을 때 그가 다음과 같은 조건을 걸었다.

"인마, 깜둥이 새끼, 그 뽀글머리, 꼴 보기 싫어. 삭발비하고 2뻬소25) 줄 테니 일 시작해. 돈은 월말에 받으러 와."

조아우 뻬드루는 눈을 흘기며 자리를 떴다. 아무튼 한 달 뒤 임금을 받으러 농장 주인을 찾아갔다. 그러자 그가 말했다.

"그래, 깜둥아, 손 내밀어서 잘 받아 봐."

그리고 서랍에서 권총을 꺼내어 대뜸 쐈다.

조아우 뻬드루가 뛰쳐나가자 농장주는 그 뒤를 쫓으며 총질을 멈추

---

23) "같은 사람끼리 그따위로 말하는 거 아니오... 잘 뒈졌어, 프랑스 놈."
24) 이베라, Iberá : 아르헨티나 꼬리엔떼스 주(州)에 있는 약 12,000 제곱킬로미터 규모의 습지.
25) 2 뻬소 : 이 액수는 1930 년대 당시 아르헨티나 초등학교 교사 월급의 100 분의 1 정도이다.

지 않았다. 흑인은 썩은 물이 고인 연못에 몸을 던져 까말로떼와 짚 밑으로 기어서 원형 뿔처럼 불룩 솟은 개밋둑에 몸을 피했다.

그리고 숨어서 한 눈으로 주인을 엿살폈다.

"꼼짝 말고 있어, 깜둥이!" 탄창을 다 비운 농장 주인이 소리쳤다.

조아우 뻬드루는 꿈적도 하지 않았다. 눈앞에 끝없이 펼쳐진 이베라는 이글거리는 햇볕 아래 들끓고 있었다. 농장 쪽을 다시 훔쳐봤을 때 전력으로 달려오는 말 위에 윈체스터를 든 농장주의 모습이 띄었다. 그는 말에서 내리지 않고 연못 주변을 돌면서 엽총을 쏘고 흑인은 개밋둑을 방패 삼아 같이 돌면서 몸을 피하는 일이 벌어졌다.

"이 새끼야, 월급 안 받고 뭐 해! 마까꼬!26)" 말 위에서 농장주가 핏대를 세우며 고래고래 소리 질렀다. 개밋둑 상단이 총탄에 사방으로 튕겨 나갔다.

더는 그러한 상황을 이어갈 수 없게 되자 조아우 뻬드루는 때를 봐서 악취 나는 물에 드러누운 자세로 잠수했다. 모기가 득실거리는 까말로떼 사이로 입술을 수면 위에 나올 듯 말 듯 내밀어 숨을 쉬었다. 그러자 농장 주인이 말에서 내려 연못 주변을 한동안 둘러보다가 말의 기갑27)에 고삐를 걸치고 휘파람을 낮게 불며 집으로 돌아갔다.

흑인은 밤이 깊어서야 추위에 부들부들 떨면서 부은 몸으로 연못에서 올라와 농장을 빠져나갔다. 자신의 임금 청구에 대한 고용인의 반응이 못마땅했는지 자기처럼 숲속에 피신한 다른 일꾼들과 이야기를 나누었다. 이들 역시 2뻬소와 삭발비를 받으려다 변을 당하였고 낮에는 숲속에 숨어서, 밤에는 길가에서 노숙하며 지내고 있었다.

---

26) 마까꼬 : 포르투갈어로 '원숭이'라는 뜻. 브라질에서는 심한 욕설이다.
27) 기갑 : 말의 양어깨 사이에 도드라진 부분.

하지만 농장 주인의 횡포는 그냥 넘겨 버릴 일이 아니어서 밀린 품삯을 어떻게 받아낼지 의논했는데 그 임무를 조아우 뻬드루가 맡게 되었다. 그래서 그는 이번에는 당나귀를 타고 다시 농장으로 향했다.

농장 주인도 조아우 뻬드루도 비극으로 끝날 이 면담에서 한 걸음도 물러날 생각이 전혀 없었다. 농장 주인은 리볼버를 혁대에, 흑인은 권총을 허리끈에 차고 있었다.

서로 20미터 정도의 거리에서 말과 당나귀에서 내렸다.

"그래, 깜둥이." 농장주가 입을 열었다. "기어코 니 돈 받아내겠다고? 지금 바로 주지."

"Eu vengo a quitar à você de en medio."[28] 조아우 뻬드루가 되받아쳤다. "Atire você primeiro, e não erre."[29]

"그래, 마까꼬. 그 꼬불머리 대가리를 날려주마…"

"Atire!"[30] 조아우 뻬드루가 다그쳤다.

"Pois não?"[31] 농장 주인이 물었다.

"Pois é."[32] 흑인이 총을 꺼내며 끄덕였다.

농장 주인이 조준하고 쐈지만 빗나갔다. 그렇게 이번에도 두 명 중 한 명만 왔던 곳으로 돌아갔다.

* * * * *

---

[28] "나, 당신 죽이러 왔소."
[29] "먼저 쏘시오. 그리고 실수하지 마시오."
[30] "쏘라니까!"
[31] "뒈질 준비는 됐냐?"
[32] "물론이요."

오늘날까지 전해져 내려오는 또 다른 이색적인 인물 역시 브라질 사람이었다. 사실 미시오네스의 초창기 정착민 대부분이 브라질 출신이었다. 띠라포고(Tirafogo)라는 별명으로 알려졌는데, 주민 중 누구도 그의 본디 이름을 아는 이가 없었고, 더구나 경찰서를 드나든 적이 한 번도 없어서 경찰마저 그의 이름을 몰랐다고 한다.

이 점은 한 번이나마 짚고 넘어갈 가치가 충분히 있다. 이 주인공은 건장한 젊은 청년 세 명이 마실 수 있는 술보다 더 많이 들이켜도 멀쩡하거나 설령 취해도 단속하는 경찰에 끌려가 본 적이 없다.

알또 빠라나 지역의 춤마당에서 술이 몇 잔 넘어간 다음 오가는 잡담은 마냥 우스갯소리이거나 흘려들을 말이 절대 아니다. 여느 멘수라도 손목 힘만으로 숲속에서 사용하는 마체떼로 멧돼지의 머리뼈 정도는 거뜬히 작살낼 수 있다. 한 번은 계산대 뒤에 있던 술집 주인이 손목 힘으로 내려친 마체떼가 천장에 걸린 금속자재 쥐덫과 부딪치자, 덫이 깔끔하게 절단되고 이어서 어떤 남자의 팔뼈가 마치 갈대처럼 쪼개지는 장면을 우리 두 눈으로 똑똑히 본 적이 있다.

띠라포고가 갈피를 잡을 수 없게 늘어놓는 잡담을 통해 경찰은 그가 과거에 광대였으리라 추측할 뿐이었다. 훗날 그가 노인이 되어서 그런 상황을 떠올릴 때마다 웃으며 말했다.

"Eu nunca estive nao policia!"[33]

그는 이것저것 가리지 않고 일거리를 잡았지만 주로 조마사 일을 하였다. 벌목 사업 초기에는 야생 노새들을 작업장으로 끌고 갔는데 띠라

---

[33] "나는 한 번도 경찰서에 잡혀간 적이 없어!"

포고가 동행하였다. 노새 길들이는 일을 할 수 있는 공간은 강변의 개간지뿐이고 짐승들이 나무를 들이박거나 비탈길에 굴러떨어질 때마다 그가 밑에 깔리는 사고가 부지기수였다. 그 바람에 그의 갈비뼈는 수없이 부러지고 접합해야 했다. 그러나 띠라포고는 대수롭지 않게 여겼다.

"Eu gosto mesmo de lidiar con elas!"[34] 그가 말하곤 하였다.

그는 유별나게 낙천적이었다. 기회가 있을 때마다 아직 살아 있다는 사실에 대한 행복한 마음을 서슴없이 내보였다. 그리고 우리가 흐뭇하게 떠올리는 지역 초기 주민 중 한 명이라는 점에 그는 정말 가슴 뿌듯해하였다.

"Eu só antiguo! Antiguo!"[35] 소리치며 웃고 마치 거북이처럼 고개를 쑤욱 내밀곤 하였다.

만디오까[36] 재배 철에는 한눈에 띌 만큼 밭에서 능숙하게 김을 매는 그를 볼 수 있었다. 이 작업은 여름에 그리고 때로는 바람 한 점 없는 분지 같은 곳에서 해야 하는데 보통 이른 아침과 늦은 오후에 일한다. 오전 11시부터 오후 2시 사이에는 온 세상이 불가마가 되기 때문이다.

그런데 띠라포고는 이 시간대에 김을 맸다. 맨발로. 웃통을 벗고 바지를 무릎 위까지 걷어 올린 다음, 면 띠로 장식된 모자에 옥수수껍질로 말은 담배를 꽂고, 별다른 보호 장비 없이 꼼꼼히 작업에 몰두하였는데 그의 등은 흐르는 땀과 반사된 햇빛에 번들거렸다.

---

34) "노새들 다루는 게 마냥 좋아!"
35) "나, 고참이야. 고참!"
36) 만디오까 : 학명= manihot esculenta. 남아메리카가 원산지인 다년성 작물. 덩이뿌리가 사방으로 처져 고구마와 비슷하게 굵으며 껍질은 갈색이고 속은 하얀색이다. 쪄서 먹으면 밤 맛이 난다.

열기가 꺾이어 그나마 숨을 좀 쉴 수 있어서 인부들이 작업을 이어가려고 나서는 즈음에 띠라포고는 자신의 작업을 모두 끝냈다. 그리고 괭이를 챙기고 모자에서 담배 한 개비를 뽑아 불붙인 다음 만족스러운 표정을 지으며 느긋하게 밭에서 나왔다.

"Eu gosto de poner os yuyos pés arriba ao sol."37)

* * * * *

내가 알또 빠라나에 갓 자리를 잡은 시절 아주 야위고 늙어서 힘겨운 걸음걸이에 아무에게나 겸연쩍게 모자를 벗으면서 "bon dia, patron"38)이라고 떨리는 목소리로 인사하는 흑인과 종종 마주쳤다.

그는 다름이 아니라 조아우 뻬드루이었다.

벌목 작업장에서조차 볼 수 없는 작고 초라한 움막에서 살고 있었는데, 그마저도 물난리가 잦은 지역의 가장자리에 있는 다른 사람의 소유지에 있었다. 해마다 봄이 오면 벼를 심었지만, 여름에 모두 휩쓸려 가고, 편치 않은 다리를 끌면서 어렵게 일 년 내내 가꾼 만디오까 몇 뿌리로 끼니를 겨우 해결하고 있었다.

이제는 어떤 작업을 할 수 있는 기력이 없었다.

같은 시기에 띠라포고는 남의 밭에서 김매는 일을 그만둔 지 꽤 되었다. 이따금 가죽끈을 만들어 달라는 주문이 조금 들어왔지만, 그마저도 납품하는 데 몇 달이나 걸렸고, 이제는 옛 모습이 깡그리 사라진 그곳에서 지역의 개척민이라는 자랑을 더 꺼내지 않았다.

---

37) "잡초들 땡볕 아래 뒤집어 놓는 거 좋지!"
38) "안녕하세요, 사장님."

그랬다. 꿈이 현실과 동떨어진 것이듯, 지역 주민, 풍습 심지어 경치까지, 협동조합식으로 서로 힘을 모아 모두를 위해서 일군 땅이 끝없이 펼쳐지던 초창기와는 사뭇 달랐다. 지금은 주변의 모든 상황이 너나없이 모두에게 너무 낯설었다. 옛날에는 돈, 농지법, 자물쇠 걸린 울타리, 브리치스39) 따위는 모르고 살았다. 뻬끼리강40)에서 빠라나강까지 모든 지역이 브라질 땅이었고 뽀사다스41)에 거주하던 '프랑스인'42)들마저 포르투갈어를 구사했었다.

지금은 모두 다르고, 낯설고, 이상하고 적응하기 힘들었다. 띠라포고와 조아우 뻬드루 이 두 사람은 자기들이 너무 늙었고 새로운 환경에 설 자리가 없다고 느꼈다.

당시 띠라포고는 나이가 벌써 여든이었고 조아우 뻬드루는 이미 그 나이를 넘겼다.

날씨가 조금 흐리기만 하여도 화로 앞에 바짝 다가앉아서 쑤시고 아리는 무릎과 손을 녹이기에 급급하고, 움직일 수 없을 만큼 굳은 관절의 고통으로 혹독한 세월의 위력 앞에 쇠락한 자신들을 가엽게 여기던 참에 두 노인은 과거의 어느 순간에 두고 떠나온 모국의 따뜻한 기후를 떠올리게 되었다.

화로에서 올라오는 연기를 손으로 부채질하며 조아우 뻬드루가 동료에게 말했다.

---

39) 브리치스 : 반바지. 오늘날의 승마 또는 펜싱 바지와 유사하게 무릎 바로 아래서 여미게 되어 있고 가죽 장화와 함께 사용했다.
40) 뻬끼리강, Pequiri : 브라질에서 나서 아르헨티나의 빠라나강으로 흘러가는 지류.
41) 뽀사다스, Posadas : 아르헨티나 미시오네스주(州)의 주도.
42) '프랑스인' : 당시 브라질에서 모든 외국인을 싸잡아서 부르던 말.

"E estemos lejos de nossa terra, seu Tira... E un dia temos de morrer."43)

"E... Temos de morrer, seu João. E lonje da terra."44) 그 말에 머리를 끄덕이며 따라포고가 대답했다.

두 늙은이는 이제 서로 자주 오가며 뒤늦게 자신들을 덮친 향수에 젖어 말없이 마떼를 나누어 마시며 시간의 흐름을 따르는 듯 보였다. 가끔 집 안의 아늑한 분위기 속에서 사소한 추억거리를 주고받으면서 시간을 보내기도 하고.

"Havíamos na casa dois vacas... E eu brinqué mesmo con os cachorros de papae..."45) 조아우가 어눌하게 말했다.

"Pois não, seu João..."46) 화롯불을 뚫어지게 쳐다보는 따라포고의 눈에는 어린아이의 해맑은 미소 같은 것이 아른거렸다.

"E eu me lembro de todo... E de mamãe... A mamãe moça..."47)

거침없이 번창하는 미시오네스가 낯선 두 노인은 나날의 오후를 이렇게 보내며 살았다.

그리고 과거 예수회의 가르침48)은 흔적조차 찾아볼 수 없고, 대신

---

43) "따라포고, 우리 정말 먼 곳까지 왔어... 이제 우리가 죽을 날도 그리 많이 남지 않았고."
44) "그러게... 조아우. 우리도 죽을 날이... 참 멀리도 왔지..."
45) "우리 집에 소 두 마리가 있었어... 아버지가 키우던 강아지와 장난치며 놀기도 했고.."
46) "그랬구나, 조아우..."
47) "나는 다 기억나... 어머니도... 어머니의 젊은 모습도..."
48) 예수회의 가르침 : 신대륙에 발을 내디딘 1549년부터 원주민 교육과 전도 사업

원주민 노동착취와 고용주 신성불가침이라는 두 정책만 군림하는 이곳에서 노조 운동이 싹트기 시작한 현황 앞에서 이들은 더더욱 이질감에 빠지게 되었다. 여기저기서 파업이 일어났다. 인부들은 보이콧(Boycott)이라는 인물이 마치 뽀사다스 주민인 듯 자신들의 파업을 지지하러 오길 기다렸다. 어떤 술집 주인이 붉은 깃발을 들고 말에 올라탄 다음 시위대에 앞장섰고, 대다수가 문맹인 인부들은 '인터내셔널가(哥)'49)를 높이 치켜든 동료 주위에 뒤엉켜 노래 불렀다. 과음 같은 하찮은 명분조차 없이 경찰이 마구잡이로 연행하는 짓이 벌어졌고 급기야 백인50) 한 명이 사망하는 사태까지 벌어졌다.

조아우 뻬드루는 이런 일들을 충분히 이해할 수 있었지만, 그의 눈에는 붉은 깃발을 들고 설치는 술집 주인의 꼴이 시위대와 전혀 어울리지 않았다. 깊어 가는 가을 날씨에 경직된 몸을 이끌고 그는 빠라나 강가

에 심혈을 기울였다. 그러나 이는 원주민 계몽은 전혀 관심 밖이었던 당시 바티칸의 주류세력과는 상반되는 행위이었고 결국 식민지주의 및 노예주의 세력 모략에 휘말려 에스빠냐 왕권에 대항하는 세력을 키운다는 누명을 쓰고 1767년 에스빠냐 까를로스 3세의 칙명으로 아메리카대륙에서 철수하게 된다. 읽기, 쓰기 교육과 수공업 기술 향상은 물론이며 부정부패 앞에서 정직함, 개인주의와 경쟁에 맞서는 연대 정신 그리고 물질주의 사회 속에서 검소함을 가르쳤다.

49) L'Internationale, 엥떼르나시오날르 : 국제 노동운동을 대표하며 사회주의, 공산주의 그리고 무정부 단체의 공식 노래로 인식된다. 1889년 제2차 인터내셔널이 공식 노래로 채택하였고, 한때 볼셰비키 당의 공식 노래이기도 하여 1944년까지 옛 소련의 국가(國歌)이었다.

50) 백인 : 원서에는 과거 인도(India)에서 사회적 지위가 있는 현지인 또는 유럽인을 일컫는 'sahib'이라는 낱말이 실려있다. 그러나 사실, 식민지 시절 아메리카대륙을 밟은 유럽인 거의 모두가 신분을 세탁하였다. 유럽에서는 잔챙이에 불과하지만, 백인이라는 이유만으로 아메리카대륙에서 원주민, 메스띠소 그리고 물라또보다 우월하다고 여기는 자들의 공통된 꼼수이었다.

를 거닐곤 하였다.

띠라포고 역시 격변하는 환경에 진저리를 쳤다. 거세지는 찬 바람 앞에서 과거 어느 시점에서 내쫓긴 두 사람은 자신들이 태어난 곳에 대한 추억이 어린아이의 마음속에서처럼 때 묻지 않고 간결하게 가시화되는 것을 절실히 느꼈다.

그랬다. 머나먼 고국, 잊고 산 지 어언 80년. 하지만 결코... 한 번이라도...

주름진 뺨에 흐르는 눈물을 멈추지 못하면서 조아우 뻬드루가 불쑥 말했다.

"Seu Tira! Eu não quero morrer sin ver a minha terra!... E muito lonje o que eu tengo vivido..."51)

그 말을 들은 띠라포고가 대답했다.

"Agora mesmo eu tenía pensado proponer a você... Agora mesmo, seu João Pedro... eu vía na ceniza a casinha... O pinto bataraz de que eu só cuidei..."52)

그리고 동료의 뺨에 흐르는 눈물을 보며 자신도 애통한 마음이 북받쳐 오르는지 버벅대며 말을 이어갔다.

"Eu quero ir lá!... A nossa terra é lá, seu João Pedro!... A mamae do velho Tirafogo!..."53)

그렇게 귀향 계획이 결정되었다. 십자군 전쟁 참전병들의 용기도 자

---

51) "띠라포고! 죽기 전에 내 고향에 돌아가고 싶어!... 우리 죽을 날이 머지않잖아."
52) "안 그래도 그 말 하려던 참이었어, 조아우... 바로 지금... 집이 눈에 떠올랐어... 내가 키우던 병아리 떼..."
53) "돌아가고 싶어!... 저기 우리나라로, 조아우!... 내 어머니가 있는 곳으로..."

신들이 태어난 곳으로 돌아가고 싶은 이 노쇠한 두 사람의 신념과 의지에 비할 바가 못 되었다.

챙기거나 버릴 물건이 거의 없어서 떠날 채비는 단숨에 끝났다. 사실, 통상적으로 이해하는 계획은 딱히 없었고, 그냥 그토록 그리운 고국을 향하여 마치 몽유병 환자처럼 막연하게 그리고 동시에 확실하고 묵묵히 한 걸음 한 걸음 내딛는 것이 전부이었다. 어린 시절의 추억에 잠긴 이들은 상황의 심각함을 감지하지 못했다. 길을 가면서, 특히 야영할 때, 이들은 새록새록 떠오르는 정다운 일들을 떨리는 목소리로 서로에게 들려주었다.

"Eu nunca dije para você, seu Tira... O meu irmao mau piqueno esteve uma vez muito doente!"54)

또는 모닥불 앞에서 오랫동안 큰 미소를 머금고 있다가

"O mate de papae cayóse umaz vez de mim... E batióme, seu João!"55)

이렇게 서로 허물없이 여정을 이어갔지만, 미시오네스의 중앙 산악지대는 내쫓긴 이 두 노인이 넘기에는 버거웠기에 피로가 쌓여갔다. 그나마 그들의 방향감각과 숲에 대한 지식 덕분에 먹거리를 구할 수 있었고 경사가 원만한 산길을 찾아서 나아갈 수는 있었다.

하지만 잦은 폭우로 콸콸 흘러내리는 붉은 흙탕물56)에 좁은 산길이 순식간에 잠기고 수증기가 숲을 질식시키려는 듯 뒤덮는 우기에 접어들

---

54) "띠라포고, 자네한테 이런 이야기는 한 적이 없는데... 한 번은 내 남동생이 아주 심하게 아팠던 적이 있어!"
55) "조아우, 한 번은 내가 아버지 마떼를 떨어뜨렸는데... 정말 혼났어!"
56) 붉은 흙탕물 : 미시오네스의 흙은 철분 때문에 짙은 주황색이다.

었기 때문에 그들은 산속 깊이 들어가야 했다.

비록 자연림이고 아무리 큰비가 내려도 부식토 위로 물이 흐르지 않지만, 거의 맨몸으로 기나긴 여정에 나선 그들의 건강 상태에 다습한 기후가 좋은 영향을 끼칠 리가 만무했다. 급기야, 어느 날 아침, 쇠약함과 고열에 기진맥진한 두 노인은 일어설 힘조차 없었다.

오전 늦게 햇살에 안개가 걷히자, 기력이 조금이나마 더 남은 띠라포고가 고개를 들어 주변의 야생 소나무 숲을 둘러보았다. 높은 소나무 숲 사이로 저 멀리 분지에 삼나무 그늘과 부드러운 연둣빛이 넘치는 개간지가 눈에 들어왔다.

주먹 쥔 손으로 바닥을 겨우 짚은 띠라포고가 힘겹게 입을 열었다.

"Seu João! E'a terra o que você pode ver lá! Temos chegado, seu João Pedro!"57)

그 말을 들은 조아우 뻬드루가 눈을 떴다. 그리고 한동안 멍하니 허공을 바라보다가 힘없이 대답했다.

"Eu cheguei ya, meu compatricio..."58)

띠라포고가 개간지에서 눈을 떼지 못한 채 중얼거렸다.

"Eu vi a terra... E lá..."59)

"Eu cheguei... você viu a terra. E eu esto lá."60) 죽음이 눈앞에 다가온 조아우가 대꾸했다.

"O que é... seu João Pedro, o que é, é que você está de

---

57) "조아우! 저기 개간지가 보여! 우리 드디어 도착했어!"
58) "이봐... 나는 때가 온 거 같아."
59) "저기 개간지가 보여... 바로 저기..."
60) "나는 이미... 자네 눈에는 개간지가 보이는데, 나는 이제..."

morrer... Você não chegou!"61) 따라포고가 다그쳤다.

그러나 이번에는 조아우 뻬드루가 아무 반응을 보이지 않았다. 그의 말대로 이미 때가 되어 떠난 것이었다.

따라포고는 가끔 입술을 닦으면서 젖은 땅에 한참 엎드려 있었다. 그리고 마침내 눈을 떴다. 그리고 갑자기 그의 표정이 환희에 차 어쩔 줄 모르는 아이처럼 활짝 펴졌다.

"Ya cheguei, mamae!... O João Pedro tinha razâu... Vou com ele!..."62)

---

61) "아니... 조아우... 이봐, 정신 차려야지... 거의 다 왔어!"
62) "엄마, 저 왔어요!... 조아우 뻬드루 말 대로, 나도..."

• 판 호우텐 •

 화덕 더위가 극도로 치닫는 낮잠 시간에 자기 집에서 100미터쯤 떨어진 곳에서 갓 완성한 카누에 뱃밥과 타르로 메우는 작업을 하는 그와 마주쳤다.
 "드디어 카누가 완성되었어." 땀으로 뒤범벅된 얼굴을 땀에 젖은 팔로 대충 훔치며 그가 입을 열었다. "잘 말린 띰보63)로 만들어서 1톤 정도는 거뜬히 견딜 수 있어. 사람 한 명 겨우 태울 수 있는 자네 거랑은 비교가 안 되지. 이제 나는 재미나 좀 볼 생각이야."

---

63) 띰보 : 학명이 Enterolobium contortisiliquum 이며 남아메리카 아열대에 서식하고 높이가 최대 30미터 그리고 둘레가 2미터 정도인 나무. 주로 카누 제작에 사용한다.

"호우텐 씨가 재미 좀 볼 생각이라면, 하고 싶은 대로 내버려 둬야죠. 일은 내가 하면 되고. 게다가 어차피 나는 도급 계약이니 별문제 될 건 없어요." 옆에 있던 빠올로가 곡괭이를 내려놓고 삽을 들면서 한마디 거들었다.

그리고 자기 '동업자'인 판 호우텐처럼 윗옷을 벗은 이탈리아인은 자갈에 삽질을 시작하였다.

판 호우텐의 하도급자이며 고릴라 같은 어깨와 팔을 가진 그는 단 하루라도 누구 밑에서 일한 적이 없거니와 앞으로도 그럴 생각이 전혀 없는 인물이었다. 납품하는 판석의 면적에 따라 돈을 받았고 그의 책임과 권리는 그렇게 단순하게 끝나는 것이었다. 그는 기회가 있을 때마다 이런 자신의 현실에 우쭐댔고 아울러 자신의 가치관을 이와 같은 노동의 독립성에 맞춘 듯 보였다. 그리고 매주 토요일 밤, 마을에서 집으로 혼자 걸어서 돌아오는 길에 항상 큰 소리로 자신의 수입을 계산하는 유별난 습관을 지닌 사람이었다.

판 호우텐은 벨기에 플랑드르 지방 출신이었는데 한쪽 눈, 한쪽 귀 그리고 오른손 세 손가락을 잃은 바람에 마을 주민들은 가끔 그를 '반(半) 호우텐'이라고 놀렸다. 그의 안공은 완전히 비었고 화약에 타서 청색을 띠었다. 체구는 땅딸막하고 붉은 턱수염은 어수선하고 엉성해 보였다. 머리카락 역시 붉은색이었는데 항상 땀에 젖은 머리채가 좁은 이마에 내려져 있었다. 걸음걸이가 뒤뚱뒤뚱하였고 그 무엇보다 그의 고향이 샤를루아64)이니까 거의 같은 지역 출신이라고 볼 수 있는 베를렌65)만큼 지독하게 못생겼었다.

---

64) 샤를루아, Charleroi : 벨기에의 도시.
65) 베를렌, Paul Verlaine : 프랑스 상징파 시인. 벨기에 Charleroi에서 260 킬

그의 플랑드르 지방 출신 기질은 역경을 아주 덤덤하게 대하는 태도에서 엿볼 수 있었다. 주변의 그 어떤 숙덕거림이나 평판도 그냥 어깨를 한번 들썩이고 침 뱉는 식으로 넘겨 버렸다. 아울러 세상만사에 무관심하기 짝이 없었다. 빌려준 돈을 돌려받았는지, 비록 몇 마리 되지 않지만 자기가 키우는 소가 갑작스러운 홍수에 범람한 빠라나강에 휩쓸려 갔는지 전혀 개의치 않았다. 그냥 무심하게 침 한 번 뱉는 것으로 모든 상황을 대하였다. 친구라고는 한 명뿐이었는데 매주 토요일 밤에 만나서 말을 타고 마을에 내려갔다. 마을에 도착하면 두 사람은 같이 쉬지 않고 술집이라는 술집은 한 곳도 빠트리지 않고 싹 훑으면서 꼬박 스물네 시간을 술에 절어 지냈다. 그리고 일요일 밤이 되면 평소처럼 각자 주인의 집으로 향하는 말들에게 자신들의 몸을 맡겼다. 이 '친구'와의 친분은 여기까지였다. 주중에는 서로 코빼기도 내밀지 않았다.

나는 오래전부터 어떻게 눈과 손가락을 잃었는지 당사자의 입에서 직접 듣고 싶었다. 그래서 그날 낮잠 시간에 발파구, 채석장, 다이너마이트에 관한 능청스러운 질문으로 그의 입을 열게 하는 데 성공했다. 그가 말하기를:

이 모든 게 말이야, 화약을 가지고 나한테 사기 친 어떤 브라질 놈 때문이지. 그놈의 구라는 내 형에게는 씨알도 안 먹혔지만 나는 혹했어. 그 대가로 눈을 잃게 된 거야. 사실 나는 이미 두 번이나 죽을 뻔하다 살아난 적이 있었으니까 별일 없을 거라고 믿었지.

첫 번째 사고는 뽀사다스에서 겪었어. 형이 5년 전부터 살던 그곳으로 내가 이사한 지 얼마 되지 않았을 때였지. 같이 일하는 사람이 한

로미터 떨어진 프랑스 Metz 에서 태어났다.

명 있었는데 이탈리아 밀라노 출신이었어. 골초이고 평소에는 모자와 지팡이를 한시라도 손에서 놓지 않았는데 작업할 때는 지팡이를 자루에 넣어 두더라고. 그리고 맨정신일 때는 엄청나게 일하고.

형과 내가 우물 작업 일거리를 하나 따냈는데 지금처럼 미터당이 아니라 건당이었어. 그러니까, 물이 나와야 그제야 돈을 받는 그런 조건 말이야.

사실은 우리가 맨 처음으로 이런 작업에 다이너마이트를 사용한 거야. 뽀사다스에서는 어느 구석을 파든, 1미터만 내려가면 자줏빛 돌66) 이 나오잖아. 여기도 유적지67) 다음으로 그렇고. 그런데 이 돌이 쇠보다 강해서 곡괭이로 찍으면 반동이 워낙 심해서 코뼈 다칠 수 있어.

8미터 정도 파 내려갔을 즈음 어느 날 오후, 형이 구덩이 바닥에 폭약을 설치하고 도화선에 불을 붙인 다음 올라왔어. 그런데 그날 밀라노 그 친구는 술에 떡이 된 채 모자를 뒤집어쓰고 지팡이에 겨우겨우 기대면서 어딘가 싸돌아다녔고, 나는 오한이 있어서 간이침대에 누워 있는 바람에 그날 오후는 형 혼자서 작업해야 했어.

해 질 무렵 으슬으슬하고 후들거리는 몸으로 작업장에 가니까 때마침 울타리를 넘어오다가 유리에 베인 밀라노 녀석에게 소리 지르는 형이 보였어. 나는 구덩이 근처에 있는 돌무더기에서 미끄러졌는데 어떻게 정신 차릴 틈도 없이 간신히 그 구덩이 입구에 매달릴 수밖에 없게 되었어. 그런데 양말도 신지 않고 끈도 제대로 묶지 않은 바람에 가죽장화가 벗겨져 구덩이 밑바닥에 떨어지더라고. 그때까지도 형은 나를

---

66) 자줏빛 돌 : 자수정을 뜻한다.
67) 유적지 : 미시오네스 산익나시오(San Ignacio)에 있는 카톨릭 예수회 유적지를 뜻한다.

보지 못했고 나는 장화를 찾으러 밑으로 내려갔어. 어떻게 내려가는지 잘 알지, 응? 두 다리와 두 팔을 쫙 벌려서 양쪽 벽에 대는 거야. 좀 덜 어두웠더라면 발파구와 주변에 있는 돌 조각들을 봤을 텐데. 그런데 머리 위로는 둥근 달 같은 하늘, 그리고 밑으로는 돌 끄트머리에서 불꽃밖에 안 보이더라고. 구덩이 속에는 숨 쉴 공기만 빼고 별별 것 다 있어. 위에서는 잡다한 벌레들이 떨어지고, 습기 때문에 숨은 턱턱 막히고, 뭐든지, 그런데 공기는 말 그대로 한 점도 없어.

그건 그렇다 치더래도, 오한 때문에 코가 막히지 않았더라면 도화선이 타는 냄새를 분명히 느꼈을 거란 말이야. 밑바닥에 도착해서 고약한 화약 냄새를 감지했을 때 그제야 내 발밑에 불붙은 폭약 덩어리가 있다는 사실을 알게 되었잖아.

저 위에서 나한테 소리 지르는 형의 머리가 보였어. 고열과 오한에 시달리는 바람에 소리치는 형의 머리가 점점 더 작아지고 구덩이 입구가 하늘로 계속 치솟아 마치 점 한 개처럼 느껴지더라고.

폭약은 이내 터질 건데, 그 위에 내가 있으니, 터지는 순간 돌과 함께 내 몸 토막들이 구덩이 입구로 튀어 오를 게 뻔했지. 형의 목소리가 점점 더 커지는데 마치 절규하는 여자의 목소리처럼 들리더라고. 그렇지만 내가 잽싸게 올라갈 기력이 있어야지... 그래서 신발 밑창처럼 바닥에 납작 엎드렸어. 형은 상황을 어떻게 돌이킬 수 없다고 생각했는지 소리 지르는 거를 멈추더군. 폭약이 터지기까지 5초쯤 걸렸는데 초, 분, 시간, 일, 달들이 줄줄이 지나가면서 5년, 6년만큼 길게 느껴졌어.

무서웠냐고? 그, 참! 도화선이 타들어 가는데, 오만 생각이 스쳐 갔지... 사실, 두려움이라기보다 그냥 기다리는 거 말고 할 수 있는 게 없더라고... 매 순간 '지금일까?'라는 그런 조마조마한 마음에 무서워할

틈조차 없었어.

　드디어 폭약이 터졌어. 하찮은 나무꾼도 잘 알다시피, 다이너마이트의 파괴력은 아래로 전달되잖아. 그런데 부서진 돌들은 위로 튀어 오르고 말이야. 나는 벽에 튕겨 다시 바닥에 쓰러졌고, 양쪽 귀 고막이 터질 듯한 기적소리에 시달리는 내 위로 돌덩어리들이 다시 떨어진 거야. 여기 장딴지에 떨어진 좀 큰 돌덩어리 한 개 말고는 큰 피해는 없었어. 진짜 운이 좋았지. 게다가 좌우로 크게 요동치는 거, 메스꺼운 폭약 가스 냄새, 돌덩어리에 찍혀 부은 머리 그리고 송곳에 찔린 듯 귀가 너무 아파서 돌에 맞는 거는 그다지 느끼지 못했어. 나는 태어나서 한 번도 기적 같은 일을 본 적이 없었어. 더욱이나 바로 내 옆에서 다이너마이트가 터졌는데 기적 같은 거를 상상한다는 게 말 같잖은 소리 아냐? 그런데 말도 안 되는 일이 바로 나한테 일어난 거야. 형이 허둥지둥 내려왔고 나는 휘청거리는 무릎으로 겨우겨우 올라서 나왔지. 그리고 우리 둘은 이틀 꼬박 술 퍼마시는 거 말고 아무것도 안 했어.

　첫 번째 기적은 그렇게 일어난 거야. 두 번째 거 역시 우물 작업장에서 일어났는데, 내가 독자적으로 따낸 일거리였어. 하루는 내가 구덩이 밑바닥에서 전날 오후 폭파 작업으로 쌓인 돌무더기를 치우고 있었어. 그리고 옆에서 보조 한 놈이 구덩이를 오르내리며 돌덩어리들을 들어내고 있었고. 파라과이 구아라니족68)(族)이었는데, 뼈다귀처럼 비쩍 말랐고, 누렇게 뜬 얼굴에 눈의 흰자위가 거의 파란색이고, 좀처럼 말이 없는 놈이었는데, 이놈이 사흘이 멀다하고 오한에 시달렸어.

---

68) 구아라니족 : 오늘날의 파라과이, 아르헨티나 북동부, 볼리비아 남서 그리고 브라질 남서 지역에 주로 거주하는 원주민. 이들의 언어인 구아라니어는 파라과이에서 에스빠냐어와 공용한다.

청소를 마치고 내가 삽이랑 곡괭이를 양동이에 밧줄로 같이 묶은 다음 그 녀석이 밧줄을 끌어 올렸지. 그런데 양동이는 풀매듭으로 묶여 있었어. 다들 항상 그렇게 묶어. 그리고 내 보조처럼 맹한 놈이 아닌 이상 아무 문제 없이 밧줄을 끌어 올릴 수 있단 말이야.

어쨌거나, 양동이가 구덩이 입구까지 올라갔어. 그런데 문제는 그 미련한 놈이 도구와 밧줄을 잡고 밖으로 끌어내지 않고 양동이를 먼저 끌어낸 거야. 그러니까 매듭이 풀릴 수밖에 없었고 그놈은 겨우 삽만 붙잡을 수밖에 없고.

에흐... 생각해 봐. 구덩이 깊이가 14미터, 폭은 1미터 20센티 정도밖에 되지 않았어. 그게... 자줏빛 돌이 있는 땅에 폭넓은 구덩이를 파는 게 좀 어려운 일이어야지. 게다가 폭이 좁을수록 더 빨리 벽을 타고 오르내릴 수 있단 말이야.

그러니까 나는 마치 총신 같은 구덩이 밑에서 떨어지는 곡괭이를 쳐다보는 꼴이 된 거지.

뭐, 한 번은 그 밀라노 녀석이 헛발 디디는 바람에 20킬로 정도 되는 돌덩이가 떨어진 적이 있었어. 그때는 그나마 구덩이가 얕았고 돌덩이가 수직으로 떨어지는 게 보이기라도 했지.

그런데 그 곡괭이는 벽 양쪽에 부딪히고 빙글빙글 돌면서 떨어지는 거 아니겠어. 길이가 12인치 정도 되는 곡괭이 날이 어디로 떨어질지 추측하는 게 그냥 그것에 머리 박혀 죽는 모습을 상상하는 것보다 더 어렵더라고.

처음에는 입을 벌린 채 곡괭이에서 눈을 떼지 못하고 몸을 이리저리 피해 보다가 금방 아무 소용이 없다는 거를 깨닫고 벽에 찰싹 달라붙었어. 마치 죽은 것처럼 꼼짝하지 않고 벽에 발린 것처럼 말이야. 곡괭이가 양쪽 벽에 심하게 부딪히면서 떨어지고 수많은 돌조각도 비 오듯 떨어지고 말이야.

결국은 내 머리 1인치 위에서 마지막으로 부딪히고 반대쪽 벽으로 튕겨 떨어지더니 밑바닥 한구석에서 멈췄어. 아무튼, 나는 구덩이 밖으로 나왔고 얼굴이 더 누렇게 되어 배를 감싸며 뒷간에 간 그 등신 같은 놈에게 화내지 않았어. 그 구덩이에서 흙을 뒤집어쓰고 구더기 같은 꼴이지만, 살아나왔으니 내가 운이 꽤 좋은 사람이라는 생각이 들어서 구아라니족 그놈한테 화내지 않은 거야. 그리고 그날 오후부터 다음 날 아침까지 만사를 제쳐 놓고 밀라노 녀석과 술이나 마시면서 지냈어.

이렇게 죽을 고비를 두 번이나 넘겼지. 두 번 모두 구덩이 속에서 말이야. 세 번째는 여기처럼 열린 공간인 채석장에서 일어났어. 사고가 난 그날은 땡볕에 땅이 갈라지는 줄 알았어.

그날은 운이 그다지 따르지 않았어... 그런데 까짓거, 그래봤자! 내 명이 좀 길어야지! 아까 내가 말했던 그 브라질 놈 때문에 일이 터졌다고 했지? 그게 말이야, 그놈이 자기가 제조한 화약을 한 번도 시험해 보지 않은 거였어. 그런데 이 사실은 우리가 화약을 실험하고 나서야 알게 되었어. 내가 술집에서 새로 들어온 까냐69)를 맛보고 있는데, 옆에서 그 망할 놈이 자기 인생사를 구구절절 늘어놓는 거 아니겠어!... 정신이 오락가락하고 귀가 따가울 만큼 쉴 새 없이 어찌나 씨불대는지! 술은 전혀 마시지 않았지만 자기가 제법 알고 있어 보이는 화학이나 잡다한 지식에 빠져서 정신 나간 듯이 나불대는 놈이었어. 자기가 새로운 화약을 개발했는데 이름을 외자로 지었다니 뭐니, 얼마나 집요하게 나

---

69) 까냐 : 사탕수수의 찌꺼기에 물을 부어 발효시킨 증류주. 럼과 유사하다.

· 판 호우텐 ·

를 구슬리는지 그야말로 혼을 쏙 빼놓더라고.

그때 내 형은 그놈이 말 같지 않은 소리나 지껄이고 있고 그런 구라에 돈 뜯길 수 있으니 조심하라고 말하더군. 그래서 내가 그렇게 멍청이로 보이냐고 쏘아붙였어. 그랬더니 그 화약을 사용하다가 나도 브라질 놈도 둘 다 모두 터져 나자빠질 거라고 형이 경고하더라고.

형은 확신했었고 게다가 내가 브라질 놈과 발파구에 화약을 재어 넣을 때도 같은 말을 하더군.

방금 말했듯이, 그날은 불볕너위였고 재석징은 너무 뜨거워서 발을 디딜 수 없었어. 형하고 다른 사람 몇 명은 나무 그늘 밑에 앉아 지켜보며 기다렸지. 브라질 놈하고 나는 작업하기 좋은 새로운 방법이라는 확신에 찬 나머지 그 구경꾼들은 안중에도 없었어. 화약 재어 넣는 일을 마치고 이곳에서 흔히 사용하는 아주 건조한 따꾸루70) 흙으로 밀봉 작업을 시작했어. 나는 무릎을 꿇은 자세로 망치질하고, 브라질 놈은 옆에 서서 땀을 훔치고, 구경꾼들은 멀리서 지켜보고 있었지.

그런데 세 번인가 네 번 정도 망치를 내리쳤을 때 폭발하는 반동을 손에 느낀 순간 바로 정신을 잃고 2미터 정도 튕겨 나갔어.

나중에 정신을 차렸을 때는 손가락 하나도 까딱 못 하겠는데 주변 소리는 생생하게 잘 들리는 거 아니겠어. 들리는 말로는 아직 내 몸이 발파구 옆에 있었고 얼굴은 피범벅에 살점들이 있었어. 나를 둘러싼 이들 중 누군가 "이 친구 이 지경이면 갔네..."라고 중얼거리는 소리가 들리더라고.

허, 그래봤자! 내 명이 좀 길어야지! 두 달 동안 한쪽 눈을 잃느니

---

70) 따꾸루 : 개미 또는 흰개미들의 배설물과 흙으로 형성된 높이 2미터 정도의 견고한 턱 모양의 개미집.

마느니 하다가 결국은 도려냈어. 그리고 보다시피 별 탈 없이 잘 회복했고. 그런데 그 브라질 놈은 기가 막히게 털끝 하나 다친 곳 없었어. 당장 그날 밤 강을 건너 달아났고 그 이후로 다시는 얼씬거리지 않았어. 빌어먹을 화약 개발은 그 망할 놈이 했는데 피해는 고스란히 내가 본 꼴이 된 거 아니겠어?

판 호우텐이 자리에서 일어섰다. 그리고 땀을 닦으며 덧붙였다.
"보다시피, 내가 그렇게 쉽게 죽을 운은 아닌 거 같아… 어쨌거나, 구덩이든 무덤이든, 빠진들… 까짓거!"
그리고 어깨를 들썩이며 침을 내뱉었다.

* * * * *

음산한 가을 저녁, 나는 카누를 타고 좀 더 정화되려는 듯 맑은 물이 멈춘 뱃길을 따라 기진맥진한 빠라나강을 내려가고 있었다. 연안은 들쑥날쑥하였고 평소에는 강물에 잠기는 우거진 숲이 있는 양쪽 강변은 지금은 넓고 두 갈래로 나란히 펼쳐진 지나다니기 거의 불가능한 질퍽질퍽한 펄로 변해 있었다. 강물이 좀 더 어둡게 보이는 바람에 알아볼 수 있는 여울 바닥은 긴원뿔 모양의 얼룩처럼 빠라나강에 쭈욱 뻗어 있고, 그 원뿔들의 꼭짓점은 뱃길을 가리키는 듯하였다. 한 달 전까지도 용골이 깊은 물을 거침없이 가르던 곳에는 모래톱과 검은 현무암 바위들만 보였다. 강가에 바싹 붙어 강을 오르내려야 하던 평저선이나 나룻배가 1킬로미터 강 안쪽으로 다녀도 노가 돌바닥에 닿을 정도이었다.
카누 같은 경우에는 어두운 밤이라도 드러난 암초는 전혀 위협적이

지 않다. 오히려 수로에서 맞닥뜨릴 수 있는 얕은 바닥처럼 보이지만 주변에 깊이가 70미터를 넘는 심연이 도사리고 있는 그런 곳이 정말 위험하다. 이런 물에 도사리고 있는 높은 산봉우리 같은 턱의 어느 부위에라도 카누가 좌초되면 그야말로 빠져나올 방법이 없다. 그냥 뱃머리나 뱃고물을 축으로 회전하거나 제자리에서 맴도는 것 말고 할 수 있는 게 없다.

  내 카누의 무게가 워낙 가벼운 덕분에 나는 이러한 위험에서 상대적으로 자유로웠다. 그렇게 편안한 마음으로 어두운 강물을 따라 내려가던 중 이따우 지역 빈민촌 강변 쪽에서 예사롭지 않게 깜박이는 허리케인 램프[71] 불빛이 눈에 들어왔다.

  을씨년스러운 밤이 깊은 그 시간에는 알또 빠라나, 숲 그리고 강, 모두가 한 치 앞을 볼 수 없는 무한한 어둠에 불과하다. 뱃사람은 노에서 느끼는 물살, 연안에 가까울수록 어둠이 더 짙어진다는 점, 주변 기온의 변화, 소용돌이와 늪 등등 같이 말로 표현할 수 없는 여러 낌새로 나름대로 물길을 읽어야 한다.

  그렇게 이따우 강변에 내려서 램프 불빛을 따라가 보니 판 호우텐의 집이었는데, 정신이 나간 듯 크게 뜬 눈 그리고 간이침대에 눕혀 있는 집주인의 심상찮은 모습이 눈에 띄었다.

  그는 숨진 상태이었다. 셔츠와 바지에서 아직 물방울이 떨어지고 있고 배가 부풀어 있는 점을 보아 사인에 의심의 여지가 없었다.

  빠올로가 찾아오는 이웃 한 명 한 명에게 사고에 관한 설명을 하였다. 그리고 마치 죽은 이를 증인으로 내세우려는 듯 끊임없이 고인을

---

71) 허리케인 램프 : 바람이 불어도 불꽃이 꺼지지 않게 유리 갓을 두른 램프

쳐다보며 말하는 그의 표정이나 몸짓이 한결같았다.

　도착한 나를 발견하자 그가 다가와서 말을 걸었다.

　"보셨죠? 제가 늘 그랬잖아요. 그 카누 때문에 언젠가 변을 당할 거라고. 결국은 저렇게 됐네요. 아침부터 몸을 제대로 못 가누는데도 까냐 한 병을 가져가려고 하더라고요. 그러다가 술에 취해서 물에 빠질지 모른다고 제가 말하니까 자기는 물에 빠져 본 적이 없다며 고집부리는 거 아니겠어요. 그리고 만에 하나 물에 빠져도 까짓것 무슨 호들갑 떨 일이냐며 침을 뱉더라고요. 호우텐 씨가 평소 어떻게 말하는지 잘 아시잖습니까. 그리고 강변 쪽으로 가더군요. 저야 뭐 도급쟁이라서 제 할 일만 하면 되니까 그냥 내일 보자는 인사만 하고 내버려 뒀죠. 다만 술병은 두고 가라고 했더니 그거만큼은 두고 갈 수 없다고 되받아치고 비틀거리면서 카누에 올라탔어요. 보이죠? 이제 영영 움직일 수 없게 되었어요. 좀 전에 '사팔뜨기' 호무알두와 조제징유72)가 들고 와서 강가에 내려놓았을 때 호우텐 씨 배가 배럴보다 더 부풀어 있었어요. 뿌에르또 추뇨73) 앞 강에서 발견했대요. 카누가 현무암 바위에 얹혀 있었고 17미터 정도 깊이에 있던 시체는 낚싯줄을 사용해서 건졌고요..."

　"아니, 그나저나, 어쩌다가 사고가 난 걸까?" 빠올로의 말을 끊으며 내가 물었다.

　"그거까지는 모르고요. 조제징유도 모른대요. 호무알두와 낚싯줄을 내리려고 근처를 지나가는데 호우텐 씨 목소리가 들렸대요. 호우텐 씨가 소리를 지르고, 중얼거리며 애쓰는 듯한 소리를 내길래, 좌초 사고

---

72) 호무알두와 조제징유 : 이름으로 보아 이 두 남자는 브라질 사람이다.
73) 뿌에르또 추뇨, Puerto Chuño : 미시오네스주(州) 산익나시오(San Ignacio)에서 북동쪽으로 약 15 킬로미터에 있는 도시.

가 난 것을 조제징유가 알아차리고, 배가 빠져나오자마자 물에 빠질 수 있으니까, 배꼬리에서 장대질하지 말라고 소리 질렀대요. 그런데 잠시 뒤에 첨벙하는 소리가 났고 이어서 목이 막혀 숨넘어가는 듯한 소리가 들리더래요.

얼마나 물이 많이 들어찼으면… 보세요. 지금 물이 거의 다 빠졌는데도 허리띠가 골반에 걸쳐 있으니… 우리 셋이 강가에 눕혔을 때는 악어처럼 물이 엄청나게 쏟아져 나왔어요. 제가 배를 밟을 때마다 입에서 물줄기가 솟아 나오더라고요.

굴착 작업쯤은 거뜬히 해치울 만큼 억세고 죽을 고비도 몇 번이나 넘길 정도로 참 운이 좋은 분이었죠. 그렇지만, 이제야 하는 말인데, 정말 도가 넘치는 술고래였어요. 저야 뭐, 그런 점에 대해서 이러쿵저러쿵 한마디도 안 했어요. 어차피 도급쟁이니까…"

나는 카누를 타고 계속 강을 내려갔다. 어둠에 잠긴 강에서 저 멀리 창문으로 새어 나오는 희미한 불빛이 깜박거리는 것이 한동안 보였다. 나중에 어두움과 거리가 그 불빛을 삼켜버렸다. 그러나 강가에 눕혀 있는 판 호우텐의 주검, 그리고 하도급자인 빠올로가 죽은 사람의 배를 밟을 때마다 식수대처럼 물이 뿜어져 나왔다는 그 장면이 내 눈에 더 떠오르지 않을 때까지 많은 시간이 흘러야 했다.

• 따꾸아라 저택 •

 미시오네스에 있는 후안 브라운(Juan Brown)의 집 앞에는 줄기가 아주 굵직하고 비틀린 가지에 우거진 나무 한 그루가 있다. 그 나무 아래에서 자기 집으로 돌아갈 날만 기다리던 중 소개할 만한 가치가 충분한 특이한 상황에서 산띠아고 리베74)가 숨을 거두었다.
 아마존에서 시작하여 펼쳐진 밀림의 남쪽 가장자리에 있는 미시오네스는 무미건조하다는 표현을 빼놓고 그 어떤 수식어와도 걸맞는 인물을 만날 수 있는 곳이다. 뽀사다스 북쪽 지역인 이곳의 삶은 비록 시간이 상대적으로 더 지루하게 흘러가지만, 최소한 두세 가지 정도의 영웅담이나 유혈 사건을 품고 있다. 인생의 첫 모험지로 또는 삶의 막바지에

---

74) 리베 : 〈내쫓긴 자들〉에서 언급된 인물.

어쩌다가 이곳으로 흘러 들어온 이들 중 그 누구도 호락호락하지 않았다는 사실은 굳이 이야기할 필요가 없다.

비록 다른 시대에 살았고 성격이 정말 유별났던 조아우 뻬드루 같은 기기묘묘한 사람은 아니지만, 미시오네스 같은 환경에서 마주칠 수 있는 특이한 인물을 소개하는 데 후안 브라운은 절대로 빠트릴 수 없는 대상이다.

풍채는 영락없이 영국인이었지만, 사실 브라운은 아르헨티나 태생이었다. 라쁠라따75)에서 2~3년 동안 우수한 성적으로 공대를 다니다가, 어느 날 느닷없이 모두 내팽개치고 이곳 미시오네스에 자리를 잡았다. 소문에 따르면, 유적지를 두 시간 남짓 둘러볼 마음으로 이비라로미76)에 들렀는데, 나중에 이틀 정도 더 묵을 생각으로 인부를 보내 뽀사다스에 있는 짐을 가져오게 했다고 한다. 그리고 15년 뒤, 내가 그곳에서 그를 만났을 때까지, 그 긴 세월 동안, 한시라도 마을을 떠난 적이 없다고 들었다. 그는 주변 지역을 그다지 돌아다녀 보고 싶어 하지 않았다. 그런 짓 따위는 정말 무의미하다고 여겨 그냥 눌러앉은 곳에 죽치고 있고 싶은 마음뿐이었다.

아직 젊은 나이에 건장하고 키가 매우 컸다. 몸무게가 100킬로그램쯤 되었을까. 아주 드문 일이지만, 그가 말을 타고 달리면, 그럴 때마다 후안이 발로 땅을 박차면서 등골이 휘어진 말을 붙들고 간다는 이야기가 나돌 정도이었다.

---

75) 라쁠라따, La Plata : 아르헨티나 부에노스아이레스주(州)의 주도. 라쁠라따 국립대학이 있다.
76) 이비라로미, Ivriaromí : 파라과이 구아라니족(族) 언어로 '산익나시오'(San Ignacio) 지역을 일컫는 말.

· 따꾸아라 저택 ·

그런 압도적인 외모와는 달리 후안 브라운은 말수가 적었다. 그의 매끈하고 넓적한 얼굴과 뒤로 젖힌 긴 머리카락은 옛 시절의 재판관 모습을 떠올리게 하였다. 몸집 때문인지 호흡하는 데 약간의 불편함을 겪었다. 언제나 오후 4시에 저녁을 먹고, 해가 지면 비가 오든 눈이 오든, 어김없이 말을 타고 느긋하게 술집으로 향했고, 그리고 한결같이 맨 마지막에 그곳을 떠났다. 그의 체구와 됨됨이에 주눅이 든 몇몇 주민들은 그를 건조하게 '돈77) 후안'이라고 불렀다. 그의 특이한 성격과 관련하여 전해지는 이야기가 두 가지 있다.

어느 날 밤, 치안판사78)와 카드놀이를 하는데, 판세가 불리해지자 판사가 꼼수를 썼다. 돈 후안은 상대방을 아무 말 없이 흘깃하고 놀이를 이어갔다. 자신의 꼼수가 먹혔음에도 판세가 계속 돈 후안에게 유리해지자 메스띠소79)가 태연스레 다시 얕은 꾀를 부렸다. 그러자 후안 브라운이 카드들을 힐끗 훑어본 다음 그저 예사로운 표정으로 판사에게 말했다.

"또 수작을 부렸군. 다시 돌려."

메스띠소는 즉시 그리고 과하다 할 정도로 사과했지만, 다시 속임수를 놓았다. 그러자 후안이 방금처럼 평정심을 잃지 않고 경고했다.

---

77) 돈, don : 영어의 mister 처럼 남자를 가리킬 때 사용하는 존칭. 원래 상대방에게 예의를 갖추는 의미를 지녔는데, 맥락에 따라서 서로 친분이 없거나, 거리를 두거나, 비아냥거릴 때 사용하기도 한다.
78) 치안판사 : 영어권 국가와는 달리 에스빠냐어권 국가에서는 업무가 공증, 민원사무, 민사 분쟁 중재 그리고 담당 지역 치안과 관련하여 아주 가벼운 형사 문제를 다루는 것에 그쳤다.
79) 메스띠소 : 백인과 라틴아메리카 원주민 사이에 태어난 남자. 때로는 인종차별의 속내로 사용하기도 한다.

"또 수작을 부렸어. 다시 돌려."

한 번은 어느 날 밤, 바에서 돈 후안이 체스를 두고 있는데, 리볼버가 바닥에 떨어지면서 발포되었다. 주변에 있던 손님들이 혹시나 자기가 총에 맞았는지 웅성거리며 각자 몸을 훑어 살피는데 브라운이 아무 말 없이 리볼버를 다시 집어넣고 두던 체스에 집중했다. 나중에 알고 보니 문제의 총알은 다름이 아니라 돈 후안의 다리에 박혀 있었다.

브라운은 '따꾸아라 저택'이라 불리는 집에 홀로 살고 있었다. 말 그대로 집이 따꾸아라로 지어진 건물이고 게다가 이유나 정체를 알 수 없는 악의가 담긴 뜻으로 사람들이 그렇게 불렀다. 눈매가 부리부리하고 경직된 헝가리 남자가 요리사로 일하고 있었는데 그가 말할 때마다 홀소리와 닿소리가 치아 사이로 튀어나오는 듯했다. 이 요리사는 자신을 거의 거들떠보지도 않는 돈 후안을 정성껏 모셨다.

그런데 그야말로 누구도 상상조차 하지 못한 후안 브라운의 다른 면이 있었다. 수년 뒤 피아노라는 악기가 이비라로미에 처음으로 들어왔을 때, 그제야 주민들은 돈 후안이 탁월한 피아노 연주 실력을 갖춘 사람임을 알게 되었다.

* * * * *

그러나 후안 브라운의 그 무엇보다 괴상야릇한 점은 신분증상 이름이 산띠아고 기도 루시아노 마리아 리베[80]인 monsieur[81] 리베와의

---

80) 산띠아고 기도 루시아노 마리아 리베, Santiago-Guido Luciano-María Rivet : 과거 명문 집안, 신분 세탁을 하거나 허세 부리는 자들이 긴 이름을 사용하던 관행을 지은이가 꼬집고 있다.

관계이었다.

이 프랑스인이야말로 자신의 인생 막바지에 막연하게 이비라로미에 흘러 들어온 인물이었다. 20년 전 머나먼 이국땅에 발을 디딘 후 뚜꾸만82)의 어느 양조장에서 뛰어난 기술감독으로 지낸 다음, 차츰차츰 정신노동의 영역을 줄이다가 급기야 처참한 몰골로 불쑥 나타나서 숨을 거둔 그날까지 이곳을 떠나지 못했다.

그가 어떻게 산익나시오에 오게 되었는지 아는 이가 없었다. 어느 날 해 질 무렵 마을 사람들이 술집 앞 탁자에 앉아있는데, 유적지가 있는 숲속에서 루이세르라는 성을 가진 정비공을 뒤따라 나오는 그가 눈에 띄었다. 이 정비공은 찢어지게 가난하고 한쪽 팔이 없음에도 언제나 부족한 것이 전혀 없다고 말할 정도로 성격이 한없이 밝았다.

이 낙천적인 인물은 당시 기상천외한 증류기에서 오렌지 나뭇잎을 증류하는 사업에 정신이 팔려있었다. 나중에 좀 더 자세하게 이 사업에 관한 이야기를 하겠지만, 아무튼, 양조산업 열풍이 휘몰아치던 그 시절 리베 같은 정상급 화학 전문가의 나타남은 이 안쓰러운 '외팔이'의 꿈을 요동치게 하였다. 어느 토요일 밤, 술집에서 루이세르가 monsieur 리베를 우리에게 공식적으로 소개한 그날부터 이 프랑스인은 그곳의 단골이 되었다.

---

81) monsieur : 프랑스어로 '씨(氏)'. '리베'라는 인물에 대한 주변 사람들의 비하 또는 반감을 암시하고자 프랑스인이라는 사실을 굳이 프랑스어로 되풀이하는 지은이의 의도를 살리기 위하여 우리말로 옮기지 않는다.
82) 뚜꾸만, Tucumán : 면적이 22,525 제곱킬로미터이며 아르헨티나에서 두 번째로 작은 주(州). 사탕수수 재배가 주요 산업이며 우리에게 널리 알려진 〈엄마 찾아 삼만리〉에서 주인공 마르꼬가 이 곳에서 어머니와 재회한다.

체구가 왜소하고 야윈 monsieur 리베는 일요일이 되면 기름기가 덕지덕지한 곱슬머리를 머리 가운데 가르마를 내어 양쪽으로 곱게 빗었다. 면도를 전혀 하지 않았지만 그다지 길지 않은 자물쇠 모양의 턱수염 사이로 만사에 특히 이비라로미 지역의 전문가들에 대한 깊은 경멸심에 항상 입을 삐죽거렸다. 제르바 마떼를 볶거나 건조하는 작업과 관련된 중요한 실험 같은 아주 진지한 이야기마저 깔보고 업신여기는 표정으로 침을 뱉으며 중얼거리곤 하였다.

"쳇!... 돌팔이들... 뭘 안답시고... 나 참!... 머저리들..."

어느 모로 보아도 이 프랑스인은 덤덤한 후안 브라운과 너무 대조되는 인물이었다. 이 둘의 체구 차이는 말 할 나위도 없었다. 알또 빠라나 지역의 그 어떤 술집에서도 monsieur 리베만큼 어깨가 좁고 구루병 환자 같은 남자를 본 적이 없다. 사실 그의 이런 특이한 외모는 그가 어느 일요일 밤 어깨와 가랑이가 좁아서 소년이나 입을 수 있을 법한 검은색 맞춤 정장을 입고 술집에 들어섰을 때 확연하게 느낄 수 있었다. 그러나 리베는 그런 옷차림에 당당하였고, 아껴서 주말 저녁에만 그렇게 차려입었다.

* * * * *

사실 이 이야기에서 우리가 언급하는 술집은 널리 알려진 예수회 유적지를 둘러보러 이비라로미에 왔다가 점심을 먹은 다음 이구아수 폭포 쪽으로 이동하거나 뽀사다스로 돌아가는 겨울 관광객들에게 마실 거리와 쉴 수 있는 공간을 제공하던 조그만 호텔이었다. 그런 외지인들이 찾지 않는 시간에는 지역 주민들로 붐볐다. 이비라로미 지역에서 문물을 좀 접했다는 이들의 피할 수 없는 만남의 장소이었다. 모두 열일곱 명이었는데 각양각색의 인물들이 모여 사는 국경 지대의 숲속 마을에서 이들 중 한 명도 빠짐없이 내로라하는 체스의 고수라는 사실은 그야말로 희한한 일이 아닐 수 없었다. 그래서 때로는 모임이라지만, 특별한 내용이나 재밋거리 없이, 그냥 대여섯 개의 체스판 앞에 등을 굽힌 채 서로 머리를 맞대고 몰두하는 모습에 옆에서 지켜보는 이들마저 손에 땀을 쥐며 조용히 시간을 보내는 것이었다.

　오전과 오후 내내 이비라로미의 술집이란 술집은 모조리 돌아다니며 계산대에 간신히 기대어 시간을 보낸 날이 아니면, 돈 후안은 밤 12시가 넘고 모든 손님이 자리를 뜬 뒤에도 바(bar)에 홀로 계속 머물렀다. 밑 빠진 독 같은 술고래 브라운은 마냥 죽치고 있었다. 그는 황소고집으로 둘째가라면 서러운 사람이었기에 바텐더에게는 정말 괴롭기 짝이 없는 밤이었다. 판매대에 기대어 몸을 겨우 가누는 돈 후안에게 눈치를 주려고 바텐더가 수시로 들락거리며 비가 오겠다는 말을 던졌지만, 술꾼은 눈썹 하나 까딱하거나 들은 척도 않고 시간이 흐르는 것을 한없이 지켜보는 듯하였다.

　Monsieur 리베 역시 주량이 만만치 않다 보니 얼마 지나지 않아 전(前) 공대생과 전 화학자는 종종 마주치게 되었다. 비록 두 술꾼이 같은 공간에서 술에 절어 자신들의 여생을 보내고 있었지만, 이들 사이에 어떤 친분의 싹이라도 트지 않았을까 하는 상상은 행여라도 하지 말아야 한다. 서로 인사하고 헤어지고 나면 돈 후안은 술벗 생각을 전혀 하지 않았다. 반면에 monsieur 리베는 이비라로미 지역의 전문가들에 대한 깊은 경멸심에는 한 치의 변함이 없을 뿐만 아니라 돈 후안에 대한 멸시감도 되씹었다. 그렇게 두 남자는 같이 있으면서도 따로따로 밤을 지새우거나 때로는 다음 날 가장 먼저 영업을 시작한 술집에서 오전 내내 같이 있었지만 서로 눈도 마주치지 않았다.

겨울이 중반으로 접어들고 정비공이 리베의 감독 아래 오렌지 술 양조 사업을 시작하면서 이런 독특한 만남은 더 잦아졌다. 다음 기회에 자세하게 들려줄 큰 사고[83]로 이 사업이 망한 뒤 리베는 매일 밤 검은색 정장을 입고 술집을 드나들었다. 그즈음에 돈 후안이 아주 힘든 일을 겪고 있던지라 이 특이한 두 인물의 별나디별난 만남은 그 결정적인 사건이 터진 날까지 이어졌다.

*　*　*　*

앞에서 이야기한 대로, 이 두 술고래가 거의 하루 매출액을 보장해 줄 정도의 든든한 단골이다 보니 술집 주인은 그들의 잔에 술을 따르거나 램프에 알코올을 다시 채우는 것 말고 별 할 일 없이 밤을 새우는 날이 허다했다. 하지만 6월의 밤 추위는 상상하는 것만으로도 혹독하지 않나! 그래서 어느 날 밤, 추위와 졸음을 견디지 못한 주인은 까냐가 있는 다마후아나[84]를 브라운의 양심에 맡기고 잠자러 갔다. 두 술꾼이 마시는 술값은 언제나 돈 후안이 냈다.

새벽 2시가 넘었고 돈 후안과 monsieur 리베가 홀로 술집에 남았다. 돈 후안은 여느 때와 다름없이 덤덤하고 경직된 자세로 평소의 자기 자리에 앉아있고, 이마에 식은땀이 줄줄 흐르는 화학 전문가는 초조

---

83) 큰 사고 : 〈오렌지주 양조자들〉에서 내용이 소개된다.
84) 다마후아나 : 망태기에 싼 목이 짧고 높이와 넓이가 비슷한 부피의 큰 유리 또는 질그릇. 코르크 마개 대신 금속 꼭지가 달린 마개를 사용하기도 하였다.

하고 불안한 모습으로 술집 내부를 서성거렸다. 문 유리창에는 성에가 끼고 있었다.

3시쯤 되었을 때 술이 떨어졌다. 두 사람 모두 그 사실을 감지했다. 돈 후안은 부리부리하고 죽은 듯한 눈으로 앞만 한동안 물끄러미 바라보았다. 그러다가 몸을 반쯤 돌려서 비어 있는 다마후아나를 힐끗 쳐다본 다음 원래 자세로 돌아갔다. 다시 한참이 지나서 한 번 더 술병을 살폈다. 급기야 다마후아나를 판매대에 뒤엎었다. 한 방울도. 한 방울도 떨어지지 않았다.

알코올의존증 발작이 난 사람에게는 수중에 있는 세상 만물보다 술 한 모금이 더 절실하다. 술집 문 사이로 드문드문 들려오는 수탉의 날카로운 울음소리에 후안 브라운은 씩씩대고 리베는 걸음걸이를 멈칫거렸다. 결국은 그 소리에 신경이 날카로워진 화학자 입에서 지역의 전문가들에 대한 악담이 튀어나왔다. 처음에는 그렇게 불쑥 내뱉는 험담에 돈 후안은 개의치 않았는데, '머저리들... 까짓게, 뭘 안다고...'라는 반복되는 말이 그칠 기미가 보이지 않자, 한때 유능한 전문가였던 자(者)를 가물거리는 눈으로 쳐다보며 물었다.

"그러는 너는 얼마나 아는데?"

그러자 리베가 침을 질질 흘리며 잰걸음으로 돈 후안에게 다가오더니 똑같은 독설을 퍼부었다. 후안 브라운은 그를 뚫어지게 지켜보다가 나중에 숨을 몰아쉬고 시선을 돌리면서 내뱉었다.

"빌어먹을 프랑스 놈..."

두 술벗 사이의 분위기가 매우 껄끄러워졌다. 한참 뒤, 쳐다보던 램프에서 시선을 술벗에게 돌리며 돈 후안이 물었다.

"잘 난 기술자 양반... 건류된 알코올은 마셔도 되나?"

알코올!...' 알'자 그 한마디에 리베의 신경질이 단숨에 수그러졌다. 그리고 램프를 쳐다보며 버벅댔다.

"건류된 거?... 나 참!... 빌어먹을... 벤젠... 피리딘... 지랄!... 까짓 거!... 마셔도 돼!"

더는 말이 필요 없었다. 두 남자는 곧바로 양초를 켜고, 악취가 나는 깔때기를 다마후아나에 꽂고, 램프에 있는 알코올을 들이부은 다음, 회생하는 기분으로 들이켰다.

메탄올은 독성이 강해서 마실 수 없는 물질이다. 술병을 핥듯이 비우고 나자, 후안 브라운은 태어나서 처음으로 덤덤한 풍채를 잃고 자세를 가누지 못하며 힘없는 코끼리처럼 의자에 풀썩 쓰러졌다. 그리고 식은땀이 비 오듯 흘러내리는 리베는 당구대에 간신히 기댄 채 한 발짝도 움직일 수 없었다.

"그만 가자." 돈 후안이 버티는 리베를 끌고 가며 말했다.

브라운은 자기 말에 안장을 고정하고 짐승의 엉덩이에 화학 전문가를 얹은 다음 새벽 3시에 집으로 향했다. 무게가 100킬로그램 정도 되는 돈 후안을 태우고도 속보로 달릴 수 있는 말에게 140킬로그램을 싣고 천천히 걷는 것은 아무 문제가 되지 않았다.

매섭게 춥고 맑은 밤이었다. 강변에는 벌써 안개가 자욱이 깔릴 시간대이었다. 아니나 다를까, 야베비리[85] 분지가 눈에 들어오는 지점에 다다르자, 이른 새벽부터 강을 따라 드러누워 있다가 나부끼며 흐트러져 치맛자락 같은 산을 따라 올라가는 안개를 볼 수 있었다. 그리고 좀 더 멀리 보이는 숲속도 하얀 수증기로 가득 차 있을 시간이었다.

---

85) 야베비리강, Yabebirí : 미시오네스의 산익나시오 남서쪽을 지나 빠라나 강으로 흘러가는 지류.

그랬다. 그런데 벌써 따꾸아라 저택에 도착했어야 하는데, 엉뚱한 산기슭에 와 있었다. 지친 말이 버티면서 움직이지 않으려고 했다. 돈 후안이 말을 뒤돌려 다시 길을 나섰지만, 잠시 뒤 말이 멈췄을 때 앞에 다시 숲이 보였다.

'길을 잃어버렸군...' 짙은 안개 덕분에 서릿발이 서지 않았지만, 이 현상과 무관하게 추위가 인간을 물어뜯고 있었고, 떨리는 턱을 멈출 수 없던 돈 후안이 속으로 중얼거렸다.

이번에는 말이 가는 대로 몸을 맡기며 다시 방향을 바꾸었다. 브라운은 아스트라한 가죽[86] 재킷 아래 온몸이 식은땀에 젖었다는 것을 알아차렸다. 상태가 더 위태롭고 실신한 화학자의 몸은 말 엉덩이에서 좌우로 심하게 흔들렸다.

또다시 말이 산기슭에서 멈춰 섰다. 그러자 돈 후안은 집에 가는 데 더 어떻게 할 방법이 없다는 생각이 들었다. 그래서 포기하고, 그냥 눈에 띄는 나무에 말고삐를 묶고, 리베를 말에서 내려 나무 아래에 눕힌 다음 자신도 그 옆에 드러누웠다. 태아처럼 접힌 무릎이 가슴에 닿을 만큼 구부린 화학자의 몸이 끓는 물처럼 부들거렸다. 야윈 그의 몸은 갓난아기만큼 작아 보였다. 돈 후안은 잠시 그를 물끄러미 쳐다보다가 어깨를 가볍게 들썩이고 자기 겉옷을 펼쳐 리베를 덮은 다음 차가운 잡초 위에 드러누웠다.

　　　　　　　　＊　＊　＊　＊　＊

---

86) 아스트라한 가죽 : 러시아의 아스트라한 지방과 중근동 지방에서 나는 새끼 양의 털가죽.

돈 후안이 정신을 되찾았을 때 해는 이미 높이 떠 있었다. 그리고 10미터 앞에 자기 집이 보였다.

사실은 아주 간단했다. 전날 밤 두 술꾼은 한 치도 길을 잃은 것이 아니었다. 말은 처음부터 끝까지 변함없이 따꾸아라 저택의 큰 나무 앞에 멈췄는데, 램프용 알코올을 들이켰고 게다가 안개가 워낙 짙은 바람에 돈 후안이 자기 집 앞도 못 알아보고 계속 나무 주변을 돌면서 헤맨 것이었다.

어쨌건, 헝가리인이 그들을 발견했다. 태아 자세로 추위에 떨다가 숨을 거둔 monsieur 리베를 돈 후안과 요리사가 집 안으로 옮겼다. 후안 브라운은 뜨끈한 술을 여러 병 마셨지만, 자기 집 삼나무 칸막이벽 앞에서 술벗의 관을 만드는 데 나무판 몇 개가 필요할지 집요하게 계산하는 바람에 잠을 제대로 자지 못했다.

다음 날 아침, 야베비리 지역의 돌무지 길 주변 주민들은 단단한 바퀴의 덜컹덜컹 요란한 소리를 저 멀리서부터 들었고, 나중에 지나가는 수레와 죽은 화학자의 유품을 들고 종종걸음으로 그 뒤를 따라가는 '외팔이'를 지켜보았다.

* * * * *

다행히 목숨은 구했지만, 상태가 워낙 심각했기에 돈 후안은 열흘 동안이나 따꾸아라 저택 밖을 나오지 못하고 몸을 추슬러야 했다. 그러나 그날 밤에 무슨 일이 있었는지 궁금한 나머지 병문안과 그나마 한때 유명했던 화학자에 대한 애도를 표한다는 명분을 내세워 후안 브라운의 집을 방문한 마을 사람이 있었다.

· 따꾸아라 저택 ·

돈 후안은 그가 하는 말을 묵묵히 들었다. 그런데, '만리타국의 거친 환경에 내쫓겨 세상을 떠난 지성인'에 대한 찬사가 끝날 기미가 보이지 않고 계속 쏟아지자, 급기야 돈 후안이 매몰찬 표정을 지으며 어깨를 들썩였다.

"빌어먹을 프랑스 놈…" 후안 브라운이 냉담하게 말을 내뱉은 다음 시선을 돌렸다.

고작 이 한마디가 monsieur 리베에 대한 돈 후안의 애도이었다.

· 죽는 남자 ·

한 남자가 바나나 농장에서 마체떼로 김을 매고 있었다. 아직 작업할 구역이 두 군데 남았지만 대부분 치르까[87]와 야생 당아욱이 많이 자란 곳이라 힘든 일이 아니었다. 그래서 그는 허리를 펴고 뽑아낸 잡초 무더기를 흐뭇한 표정으로 바라본 다음, 잔디밭에 잠시 누워서 숨을 돌릴 마음으로 가시철조망을 넘으려고 했다.

그러나 약간 끌어내린 가시철조망 위로 넘어가려는데 말뚝의 나무껍질이 뜯겨 나가는 바람에 왼발이 미끄러졌다. 동시에 쥐고 있던 마체떼를 놓쳤다. 그렇게, 넘어지면서, 순간, 마체떼의 날이 바닥에 눕힌 상태

---

87) 치르까 : 브라질 남부, 아르헨티나, 볼리비아, 파라과이, 우루과이에 서식하는 국화과 초본. 학명은 Acanthostyles buniifolius 이다.

가 아니라 세워져 있는 모습이 남자의 눈에 들어왔다.

이제 그는 자기가 원래 바라던 대로 잔디밭에 오른쪽으로 돌아누워 있다. 방금 찢어질 듯 벌어졌던 입은 다물어졌다. 무릎을 접고 가슴 위에 왼손을 놓은 채, 자기가 상상한 모습 그대로 누워 있다. 다만 아래 팔과 허리띠 바로 밑 부위 셔츠에 마체떼 날의 반쪽과 자루가 꽂혀 있고 나머지 반쪽 날은 보이지 않았다.

머리를 움직이려 해봤지만 소용이 없었다. 아직 손의 땀이 마르지 않은 마체떼 자루를 곁눈으로 힐끗 보았다. 자신의 몸속 깊숙이 들어온 칼날을 머릿속에 그려보니 한 치의 틀림도 없이 그리고 돌이킬 수 없이 자기 존재의 종착점에 다다랐다는 확신이 냉혹하게 들어섰다.

죽음. 몇 년 몇 개월 몇 주 며칠이라는 주어진 시간까지의 준비 기간이 끝나면 저승으로 가야 한다는 그 사실을 누구나 살아가면서 한두 번 생각하는 것이 아니다. 그뿐만이 아니라, 숙명이고 예고되고 수용된 법칙이라서 때로는 마지막 숨을 내쉬는 무상(無上) 그 장면을 홀가분한 마음으로 상상해 보기도 한다.

그러나 숨 쉬는 이 순간과 숨을 거두는 그 순간 사이 우리의 인생은 헤아릴 수 없는 수많은 꿈, 혼란, 희망 그리고 희로애락에 얽히고설킨다. 이 역동적인 삶이 인간이라는 무대에서 소멸하기 전까지 그런 상황은 끊이지 않는다. 이러한 사실, 즉 죽음이란 참으로 아득하고 아직 살아가야 할 인생은 한 치 앞을 내다볼 수 없다는 점이 위로이며 낙이자 죽음에 관한 생각을 하는 이유가 아닐까?

아직...? 2초도 지나지 않았다. 해는 같은 높이에 있고 그림자는 좀 전 위치에서 한 뼘도 벗어나지 않았다. 누워 있는 그에게 갑작스레 오랜 세월 동안의 사색에 결말이 다가오고 있었다. 그는 지금 저승으로 넘어가는 중이다.

사실, 그렇게 편한 자세로 이미 죽은 것이나 다를 바 없었다.

그러나 남자는 눈을 뜨고 멀리 바라보았다. 좀 전이나 지금이나...! 무슨 천지이변이 일어난 것도 아닌데...! 이런 끔찍한 일의 배후에 자연의 어떤 힘이라도 있나?...

죽는 것이었다. 냉혹하고, 숙명이고 치명적이고. 죽는 것이었다.

죽음이란 참으로 갑작스럽고 끔찍한 일이다! 남자는 도저히 받아들일 수 없었다. 그래서 생각했다. 지금의 이런 상황은 그냥 불길하고 무서운 꿈이라고. 그래, 맞아! 좀 전이나 지금이나 변한 게 뭔데? 전혀 없잖아! 그는 멀리 바라보았다. 저기 보이는 바나나 농장은 여전히 자기 것 아닌가? 오늘도 여느 날처럼 아침에 김매기 하러 왔잖아? 자기 손바닥만큼이나 꿰뚫고 있는 그 농장 아닌가? 바나나 나무의 듬성듬성한 넓은 잎들이 벌거벗은 채 햇빛을 향하는 모습이 또렷이 눈에 들어왔다. 그리고 바람에 찢어진 잎들이 손에 닿을 듯한 거리에 있다. 지금은 너덜거리지 않는다... 한낮의 잔잔함 때문이다. 그리고 이제 곧 12시가 될 거고.

바나나 나무 사이로 저 위에 자기 집의 붉은 지붕이 땅바닥에 쓰러진 그의 눈에 들어왔다. 왼쪽으로 숲과 계수나무를 심을 개간지가 얼핏 띄었다. 더는 보이지 않았지만, 등 뒤쪽으로는 새로 만든 선착장으로 가는 길이 있고, 머리 방향 저 밑으로는 분지가 있고, 그곳의 가장 낮은 지역에는 빠라나강이 호수처럼 잠든 듯 흐른다는 사실을 되새겨보았다. 불덩이 같은 태양, 적막함 속에서 끓어오르는 대기, 그려 놓은 듯

미동마저 없는 바나나 나무들, 머잖아 교체해야 하는 굵직하고 높은 말뚝들이 박힌 가시철조망... 변한 것이라곤 정말 하나도 없었다.

그런데 죽다니! 무슨 터무니없는 말이야? 해 뜰 때 마체떼를 들고 일하러 나온 여느 날과 오늘이 뭐가 다른데? 지금 저기서 굼뜨게 가시철조망 냄새를 맡는 저 말은 매일 내가 타고 다니는 말 아니냐고?

그래, 평소와 달라진 거 하나도 없다니까! 누군가 휘파람을 부는 소리가 들린다... 등 뒤에서 들려오기 때문에 누가 부는지 볼 수는 없지만. 다리를 건너는 말발굽 소리가 울렸다... 그래, 매일 아침 11시 반에 새 선착장 쪽으로 지나가는 그 소년이다. 녀석은 항상 휘파람을 불며 지나간다...

장화 끝에 닿을 듯한 거리에 있는 껍질이 뜯긴 말뚝에서 15미터 지점에 길과 바나나 농장을 가르는 산울타리가 있다. 가시철조망을 세울 때 자기가 직접 거리를 쟀기 때문에 분명히 기억한다.

모든 게 그저 예사롭기만 한데 무슨 일인 거야? 숲, 조마장(調馬場), 듬성듬성 펼쳐진 바나나 나뭇잎, 이 모두가 미시오네스의 한낮에 으레 볼 수 있는 풍경 아닌가? 그렇고말고! 짧게 깎은 잔디밭, 뿔형 개미집, 적막함, 뙤약볕, 뭐 어느 하나...

하나도! 달라진 게 하나도 없다고! 그런데 유일하게 자기만 달라진 것이다. 2분 전부터 아직 숨 쉬는 그의 몸과 마음은 자기가 다섯 달 동안 곡괭이로 꾸준히 일군 조마장이나, 오로지 자기 손으로 가꾼 바나나 농장과 더는 아무런 연결고리가 없었다. 심지어 자기 가족과도. 하찮은 나무껍질과 몸에 박힌 마체떼 때문에 한순간에 그리고 당연한 일인 듯 송두리째 빼앗겼다. 기껏해야 2분 사이에. 그는 지금 저승으로 넘어가는 중이다.

· 죽는 남자 ·

너무 지쳤고 잔디밭에 오른쪽으로 누워 있던 남자는 자신의 눈 앞에 펼쳐진 지극히 평범하고 단조로운 현실 앞에서 그 초월적 현상을 받아들이기 싫었다. 지금은 분명히 11시 반... 매일 지나가는 소년이 방금 다리를 건너갔으니까.

그런데 미끄러졌다니! 그 무슨 말도 안 되는 소리야?... 이제 곧 갈아 끼워야 할 마체떼의 자루는 자기 왼손과 가시철조망 사이에 꽉 끼어 있었다. 숲속을 10년이나 드나들면서 그까짓 마체떼 다루는 방법 하나조차 제대로 못 익혔을까 봐? 지금은 단지 오늘 오전 일이 버거워서 많이 지쳤고 평소처럼 숨 좀 돌리며 쉬고 있을 뿐인 거야.

무슨 근거로 그런 말을 하냐고?... 아니, 지금 입가에 비집고 들어오는 잔디는 내가 직접 평떼잔디를 1미터 간격으로 펴 놓아 심어서 가꾼 거 아니냐고! 저기 보이는 바나나 농장은 뭐고? 그리고 가시철조망 앞에서 조심스레 콧소리를 내는 저 말의 주인은 바로 내가 아니고 누구란 말이야? 말뚝 밑에 쓰러진 주인을 바라보며 철조망을 돌아서 오기를 주춤거리는 말이 뚜렷하게 눈에 들어왔다. 말의 목덜미와 엉덩이에서 흘러내리는 땀도 명확하게 보였다. 햇볕은 무겁게 내리쬐고 바나나 나무 한 잎도 움직이지 않는 엄숙한 잔잔함이 깔려있다. 지금 저 풍경에 여느 날과 다른 게 한 점도 없지 않나!

...너무 지쳐서 잠시 쉬고 있을 뿐이다. 정말. 벌써 몇 분이 지났을텐데... 12시 15분 전이되면 저 위, 빨간색 지붕 이층집에서 자기 아내와 두 아이가 점심을 같이 먹자고 아빠를 데리러 올 텐데. 여느 때처럼. 엄마의 손을 놓으려 하면서 '아브, 아브'라고 옹알이하는 막내 녀석의 소리가 항상 제일 먼저 들렸고...

그래! 지금 들리는 바로 저 소리!... 벌써 12시 15분 전이구나! 그리고 평소처럼 막내 녀석의 목소리가 들리네...

　이건 악몽이야...! 정말 평소와 전혀 다른 게 없는 날이잖아! 햇빛에 눈이 부시고, 누르스레한 물체가 다가오고, 살이 익는 듯한 묵묵한 더위에 금지된 바나나 농장 앞에서 꼼짝도 하지 않고 땀 흘리는 말...

　그냥 너무 피곤한 것뿐이야... 인간의 발길이 닿지 않은 숲을 일구어 만든 저 조마장을 지금 같은 정오 시간에 가로질러 집에 돌아간 적이 한두 번이었던가? 그때도 지금처럼 녹초가 되어 간신히 왼손에 마체떼를 들고 터벅터벅 집으로 향하지 않았나?

　이런 상황에서 한 발치 물러서는 자기 모습을 머릿속에 그려볼 수도 있다. 자기 몸에서 분리되어 자기가 쌓아 올린 둑에서 지겨울 만큼 익숙한 풍경, 화산 돌 부스러기 사이사이에서 자라는 뻣뻣한 잔디, 바나나 농장과 붉은 흙, 비탈길 따라 굽어지며 낮아지는 철조망이 눈에 보일 것이다. 좀 더 멀리 가면, 역시 자기 노력의 결실인 조마장이 보이겠지. 그리고 여느 때와 다름없이 껍질이 벗겨진 말뚝 아래에서 다리를 접고 오른쪽으로 누워 있는 자기 모습이 눈에 뜨일 것이다. 너무 피곤한 나머지 땡볕 아래 잔디에 있는 작은 꾸러미처럼 웅크린 채 쉬고 있는 모습 말이다...

　조심스레 철조망 모퉁이에 서 있고 땀이 줄기차게 흘러내리는 말이 바나나 농장을 둘러 가고 싶지만, 바닥에 누워 있는 그를 쳐다보며 머뭇거린다. 점점 가까워지는 '아브, 아브' 소리에 말이 귀를 쫑긋 세우고 꾸러미처럼 꿈쩍도 하지 않는 남자의 반응을 한참 살피다가 아무런 기색이 없자 그제야 남자와 말뚝 사이를 지나갔다. 이제 남자는 영원히 편히 쉬게 되었다.

· 죽는 남자 ·

• 유향수[88] 지붕 •

　예수회의 두 번째 본거지였던 유적지와 주변 지역에 세워진 마을들을 아울러 오늘날 우리는 산익나시오[89]라고 부른다. 이곳은 주로 숲에 가려진 오두막집들로 구성되어 있다. 유적지 옆 민둥산 기슭에는 제대로 지어진 건물이 몇몇 있는데, 낮에는 석회 칠 된 하얀 벽에 반사된 햇빛에 눈이 부셔 성가시지만, 날이 저물 때는 야베비리 분지의 멋진 전망을 내려다볼 수 있다. 마을에는 잡화점이 지나치게 많이 있다. 새

---

88) 학명이 Myrocarpus frondosus이며 브라질 남쪽과 파라과이 동쪽 지역에 서식하며 높이가 10~30 미터까지 그리고 줄기가 6~8 미터까지 자란다. 이 나무에서 고급 목재와 방향유를 얻을 수 있다.
89) 산익나시오, San Ignacio : '성 이냐시오'의 에스빠냐어 명칭.

로운 길이 나는 족족 길모퉁이에 독일, 에스빠냐 또는 시리아인들이 가게를 열다 보니 필요 이상의 상점들이 들어서 있다. 두 블록 남짓한 공간에 경찰서, 치안법원90), 지역위원회 그리고 남녀공학 초등학교 같은 공공기관 건물들이 자리 잡고 있다. 그런데 여기 산익나시오의 색다른 점은, 멈추지 않고 묵묵히 침범하는 숲에 이미 자리를 빼앗긴 유적지에 바(bar)가 한 군데 있다는 사실이다. 과거 제르바 마떼 사업이 한창이던 시절, 알또 빠라나에서 뽀사다스로 가는 작업장 감독관들이 위스키 한 잔의 유혹을 못 이겨 이곳을 들를 때마다 찾던 술집이다. 앞서 다른 이야기에서 소개된 적이 있는 바로 그 곳이다.

지금 우리가 언급하는 그 시절에는 오늘날과 달리 공공기관들이 한 곳에 몰려있지 않았다. 서로 3킬로미터 떨어진 유적지와 새 선착장 사이에 있고 절경을 누릴 수 있는 대지(臺地)에 이름이 오르가스라는 민원사무소91) 소장이 살았는데 그는 그냥 집에서 업무를 보았다.

이 사람의 집은 목조 건물이었는데 유향수 판자를 칠판처럼 가지런히 배치하여 지붕을 지었다. 잘 건조되고 조심스레 구멍을 뚫은 목재를 사용하면 이 방법은 더할 나위 없이 탁월하다. 그런데 오르가스는 목재가 갓 마름질 된 상태임에도 그냥 못을 박아 판자들을 고정하여 지붕 올리기에 급급했다. 결국에는 유향수 판자가 갈라지고 끝 부위들이 위로 휘는 바람에 방갈로의 지붕이 마치 고슴도치의 등처럼 보였다. 비가 오면 그는 눕는 자리를 여덟 번에서 열 번 정도 바꿔야 했을 뿐만 아

---

90) 치안법원 : 영어권 국가와는 달리 에스빠냐어권 국가에서는 업무가 공증, 민원사무, 민사 분쟁 중재 그리고 담당 지역 치안과 관련하여 아주 가벼운 형사 문제를 다루는 것에 그쳤다.

91) 민원사무소 : 당시에는 출생, 사망, 혼인신고 등록 같은 업무만 하였다.

니라 집 안 가구에는 허연 물때가 군데군데 끼었다.

오르가스의 집에 대하여 군이 이렇게 설명하는 이유는 휴일 낮잠 시간에 땀을 뻘뻘 흘리며 철조망을 설치하거나, 숲속 어디론가 사라졌다가 이틀 뒤에야 머리에 지푸라기가 잔뜩 붙은 채 나타나는 시간마저도 빼앗기면서 그런 엉성한 지붕에 자신의 기력을 4년 동안이나 쏟아부었기 때문이다.

그는 자연 친화적인 인물이고, 힘든 상황에 부닥치면 말수가 줄고, 대신 약간 무례하다 싶을 만큼 주의를 기울이며 상대방의 말을 듣곤 하였다. 마을 주민들은 그와 가까이하기를 꺼렸지만, 그를 존중하는 마음은 잃지 않았다. 오르가스는 지극히 비권위주의적이고, 단정한 브리치스 차림의 제르바 마떼 공장 임직원 또는 지역의 고위공직자들과 거리낌 없이 농담을 주고받을 만큼 친화력과 넉살이 좋았음에도, 그와 저들 사이에는 언제나 냉랭한 거리감이 있었다. 그리고 오르가스의 그 어떤 행동에서도 거만한 면이라고는 찾아볼 수 없었지만, 지역 주민들은 되레 그가 거만하다며 달갑잖게 여겼다.

그러나 사실 이런 현실이 정말 터무니없다고 보기에는 좀 애매한 사건들이 있었다.

오르가스가 산익나시오에 정착한 초기에 그는 공직자가 아니었고 대지에서 자기 집 지붕을 올리면서 홀로 살았다. 어느 날, 초등학교 교장으로부터 방문 초대를 받았다. 교장으로서는 오르가스처럼 교양을 갖춘 인물을 학교에 한 번 모시는 일은 큰 영광이었다.

다음 날 아침, 오르가스는 평소와 다름없이 무명 셔츠, 파란색 바지와 장화 차림에 학교로 나섰다. 그런데 길을 따라가지 않고 숲을 가로질러 가다가 아주 큰 도마뱀과 마주치자, 그 파충류를 사로잡아 몸통을 덩굴풀로 묶었다. 그리고 숲을 벗어나서 셔츠 소매가 두 갈래로 찢어진 채 도마뱀의 꼬리를 잡아끌면서 학교 정문에서 그를 기다리는 교장과 교사들 앞에 나타났다.

그즈음에 부익스의 당나귀 사건 역시 오르가스에 대한 평판에 한몫 톡톡히 거들었다.

부익스는 30년 전부터 이 지역 유지 행세를 하며 사는 프랑스인이었는데, 그의 가축들이 마을 주민들이 애지중지 가꾸는 재배지를 헤집고 다녔다. 그가 키우는 무리 중 가장 어리숙한 송아지조차 철조망 구멍에 대가리를 집어넣어 몇 시간 동안 비틀면 느슨해진다는 것쯤은 알고 있었다. 당시에는 마을에 가시철조망이라는 물건이 없었다. 그런데 이것을 사용하기 시작하자, 부익스의 당나귀들이 땅바닥과 철사 사이에 몸을 집어넣어 좌우로 몸통을 흔들어서 철조망을 넘나들었다. 그럼에도 프랑스인이 산익나시오의 치안판사인 바람에 누구도 이런 문제를 제기할 엄두도 내지 못했다.

오르가스가 마을에 정착한 시절에 부익스는 이미 공직에서 떠난 상태이었다. 그러나 이런 사실을 알 리가 없는 부익스의 가축들은 해 질 무렵에는 예전과 다름없이 귀를 쫑긋 세우고 주둥이를 푸르르 떨면서 철조망 너머로 냄새를 맡으며 새싹이 돋은 재배지를 찾아다녔다.

자신의 재배지가 이 짐승들의 피해를 보았는데도 오르가스는 꾹 참았다. 묵묵히 철조망을 더 세웠고, 때로는 새벽에 자기가 자는 텐트에까지 들어온 당나귀들을 쫓아내는 소동까지 벌어졌다. 그러다가 결국은 참다못해 부익스를 찾아가서 따지자, 프랑스인은 마지못해서 자기 아들들을 모두 불러 모아 '안쓰러운 오르가스 씨'의 재배지에 피해가 가지 않게끔 가축들을 잘 살피라고 타일렀다. 그런데도 당나귀들로 인한 피해가 그치지 않아서 오르가스가 능구렁이 프랑스인을 몇 번 다시 찾아갔지만, 그때마다 부익스는 안타까워하는 척하면서 아들들을 모두 불러 모아 같은 지시를 내렸다. 하지만 아무것도 변하지 않았다.

그러던 어느 날, 오르가스가 '이곳에 독성 제초제가 살포되었음'이라는 문구가 적힌 푯말을 내걸었다.

열흘 정도는 아무 일 없이 흘러갔다. 그러나 다음 날 밤, 살며시 대지에 올라오는 당나귀 발굽 소리에 이어 야자수 잎이 뜯기는 소리가 들렸다. 오르가스는 더는 참지 않기로 마음먹고 옷을 입지도 않은 채 밖으로 뛰쳐나가 눈에 띄는 첫 당나귀를 조준하여 발사했다.

그리고 해가 밝았을 때 한 소년을 시켜 부익스에게 당나귀 한 마리가 자기 집 앞에서 죽은 채 발견되었다는 말을 전하게 하였다. 이 황당하기 짝이 없어 보이는 말을 확인하려고 부익스 대신 키가 크고 갈색 피부에 표정이 음산한 그의 큰아들이 왔다. 대문을 지날 때 푯말을 읽은 이 무뚝뚝한 청년은 호주머니에 손을 넣은 채 자기를 기다리는 오르가스가 있는 대지로 심기가 불편한 표정을 지으며 올라갔다. 이 부익스의 대리인이 인사를 하는 둥 마는 둥 하고 곧바로 죽은 당나귀에게 다가가자, 지켜보던 오르가스가 슬그머니 뒤따라갔다. 청년은 당나귀의 주변을 한두 번 돌면서 군데군데를 살펴보았다.

"어젯밤에 죽었다고... 어쩌다 이런 일이..." 그가 중얼거렸다.

당나귀의 목 중앙 부위에 보이는 큼지막하고 흉측한 상처는 총기로 인한 것임이 여지없었다.

"글쎄... 아무리 봐도 독 때문인 거 같은데..." 오르가스가 호주머니에서 손을 빼지 않은 채 능청스럽게 대답했다.

그 사건 이후로 오르가스의 재배지에서 부익스의 당나귀들이 다시는 보이지 않았다.

* * * * *

　민원사무소 소장으로 취임한 첫해에 오르가스가 현행하는 규정을 송두리째 무시하고 마을에서 거의 3킬로미터나 떨어진 곳에 사무실을 차리는 바람에 산익나시오 모든 주민의 항의가 빗발쳤다. 자기 집에서 바닥이 맨땅인 방 한 곳을 업무실로 사용했는데, 회랑과 입구를 가리는 귤나무 때문에 매우 어두웠다. 오르가스가 자리를 비우거나 손에 타르가 묻은 채로 사람을 맞이하는 때가 허다했기 때문에 볼일 있는 주민은 어김없이 최소한 10분 정도를 기다려야 했다. 게다가 소장은 손에 잡히는 아무 종이쪽지에 신고 내용을 대충 적은 다음 민원인보다 먼저 자리를 떠나 다시 지붕에 올라가서 작업을 이어가곤 하였다.
　사실 오르가스가 미시오네스에서 지낸 첫 4년 동안 그가 한 일이라고는 이런 작업 외 내세울 만한 거리가 없었다. 믿기지 않겠지만, 미시오네스에는 두 겹 양철판 지붕도 버티기 어려울 만큼 비가 내린다. 그런데 오르가스는 큰비가 내리는 가을에 젖은 판자로 지붕을 올렸다. 그래서, 말 그대로 판자는 늘어졌지만, 햇볕과 습기로 인하여 끝자락이 위로 휘는 바람에 앞에서 말했듯이 지붕이 마치 고슴도치처럼 보였다.
　어두운 방에 들어서면, 집 내부에서 가장 밝은 부위가 다름이 아니라 끝자락이 위로 휘어진 나무판들이 채광창 역할을 하는 지붕이었다. 그리고 오르가스가 산화납92)이 묻은 갈대로 물이 새는 틈이 아니라 물이

---

92) 산화납 : 분말 형태이고 여러 종류가 있으며 색깔이 다양하다. (주로 흰색, 노란색, 빨간색) 산화방지제로 사용하기도 한다.

떨어지는 지점을 표시한 수많은 동그라미가 마치 지붕을 꾸미기라도 한 듯 보였다. 그러나 무엇보다 특이한 점은 그가 지붕의 틈을 메꾸는 작업에 사용한 가죽끈들이었다. 이것들은 타르가 묻어 무거워진 바람에 메꾼 부위에서 떨어져 매달렸는데 햇빛이 반사되자 모습이 마치 뱀 같아 보였다.

지붕 문제를 해결하기 위하여 오르가스는 수단을 가리지 않았다. 나무쐐기, 석회, 시멘트, 중크롬산염 접착제, 타르 처리된 톱밥, 무엇이든. 닥치는 대로. 비 오는 날 비 새는 걱정 없이 밤을 지내는 안락함을 누리지 못하고 2년 동안 온갖 시행착오를 거듭한 그의 관심은 이제 타르 처리된 즈크93)에 쏠렸다. 그에게 이 신자재는 획기적인 발견이었고 지붕에 변변치 않게 때움질한 시멘트나 타르 처리된 톱밥을 모조리 이 즈크로 교체하였다.

민원사무소에 볼일이 있어 들르는 민원인이든, 새 선착장으로 향하는 길을 오가는 주민이든, 누구라도 지붕에서 작업하는 오르가스를 볼 수 있었다. 그는 여기저기 수리 공사를 마칠 때마다 별 큰 기대 없이 그냥 신자재의 효력을 점검하는 마음으로 비 오기를 기다리곤 하였다. 예전의 '채광창'은 특별히 문제를 일으키지 않았지만, 대신 새롭게 생긴 틈으로 비가 새어 공교롭게도 그가 침대를 옮겨 놓은 위치에 물이 떨어지는 짜증스러운 일이 벌어졌다.

비바람을 막아 주는 피신처 같은 인간의 원초적인 꿈을 어떻게 해서든 이루고 싶은 마음과 자원의 부족이라는 현실과 끊임없이 싸우던 그는 자신의 가장 큰 과실 때문에 어느 날 난관에 부닥쳤다.

---

93) 즈크 : 삼실이나 무명실 따위로 두툼하게 짠 직물. 두께에 따라 천막, 신발, 캔버스 재료로 사용되었다.

* * * * *

오르가스의 근무 시간은 7시에서 11시까지이었다. 그가 업무를 어떻게 보는지는 이미 앞에서 소개되었다. 한 가지 덧붙이자면, 이 민원사무소 소장이 산속이나 만디오까 밭에서 일할 때 민원인이 나타나면 살충제 살포기의 터빈 소리로 알려주는 소년이 있었다. 그리고 소장은 한시라도 빨리 11시가 되기를 간절히 바라면서 어깨에 괭이를 지거나 마체떼를 들고 산기슭을 오르곤 하였다. 그가 11시 넘어서 직무를 돌본 적은 여태껏 한 번도 없었다.

그러던 어느 날, 오르가스가 지붕에서 내려오는데 대문에 달아 둔 워낭이 울렸다. 그가 시계를 힐끗 살폈다. 11시 5분. 그래서 그를 찾는 사람이 있다는 소년의 말에 아랑곳하지 않고 숫돌에 손을 씻으러 기면서 퉁명스럽게 대답했다.

"내일 오라고 해."

"그렇게 말씀드렸더니 사법부 감사원이래요..."

"그렇다면 문제가 달라지지. 잠시만 기다리라고 해."

오르가스가 정색하면서 소년에게 지시하였다. 그리고 타르가 묻은 아래팔을 비계로 바삐 문지르기 시작하였고 그의 얼굴이 점점 더 일그러져 갔다.

그 이유는 남아돌았다.

사실 그는 생계 때문에 치안 판사직과 민원사무소 소장직 겸임을 요청했었다. 비록 스패너를 들고 탁자 모서리에 앉아서 치안판사 업무를 공평하게 보긴 하였지만, 솔직히 그는 두 공직 중 그 어떤 것에도 관심

따위는 없었다. 심지어 민원사무소 업무는 그에게는 악몽 같았다. 출생, 사망, 혼인신고 대장을 그날그날 이중으로 기록해야 했다. 그런데 이런 업무들은 한 편으로는 자신의 재배지에서 작업하는 데 필요한 시간을 빼앗고, 다른 편으로는 지붕에 앉아서 비가 쏟아져도 마른 침대에서 잘 수 있게 해 줄 방수제에 관한 연구를 해야 할 시간 역시 빼앗았다. 그래서 그는 그냥 제일 먼저 눈에 띄는 종이쪽지에 신고 내용을 적는 둥 마는 둥 하고 자기 일을 보러 사무실을 도망치듯 빠져나갔다.

그리고 민원인들 모두 하나 같이 산속을 벗어나 본 적이 없는 그런 이상한 사람들을 증인으로 내세우는 바람에 이들의 출석을 요청하여 대장에 서명하게 하는 일은 그야말로 끝이 보이지 않았다. 그래서 오르가스가 부임한 첫해에 어떻게 용케 나름대로 업무를 이어갔는지 참으로 의문스러웠고... 아무튼, 그는 자기가 지원해서 맡은 행정 업무가 지긋지긋하고 진저리가 났다.

'정신 차려야지. 운 좋게 잘 넘겨야 하는데...' 타르 씻어내기를 마무리하면서 그는 마음을 다잡았다.

마침내 오르가스가 어두운 방에 들어갔다. 그곳에는 감사원이 탁자 위에 널브러진 물건들, 두 개밖에 없는 의자, 맨땅바닥 그리고 쥐들이 물어 놓아 서까래에 걸린 양말들을 유심히 살펴보고 있었다.

감사원은 오르가스가 어떤 인물인지 이미 알고 있었고, 처음에는 업무와는 전혀 무관한 이야기가 두 남자 사이에 덤덤하게 오갔다. 그러다가 어느 순간 민원 업무 감사원이 본론으로 들어가자 변변찮은 업무실은 팽팽한 긴장감과 싸늘한 분위기에 잠겼다.

당시에는 각 민원사무소에 등록대장이 비치되어 있었고 1년에 한 번씩 감사가 나오는 것이 원칙이었다. 그러나 이런 규정은 제대로 지켜지지 않고 몇 년이 지나도 점검은 고사하고 사소한 연락조차 하지 않는 경우가 비일비재하였다. 오르가스의 경우에는 4년 만에 처음으로 감사가 나온 것이었다. 감사 대상은 스물네 권의 등록대장이었는데, 그중 열두 권에는 등록 내용에 그 어떤 서명도 찾아볼 수 없었고 나머지는 아예 글자 같은 것이 없었다.

감사원은 시선을 고정한 채 묵묵히 그리고 천천히 한 권 한 권을 점검하였다. 오르가스는 탁자 모서리에 앉아서 입을 다문 채 숨죽이며 상대방을 지켜봤다. 감사원은 심지어 아무 내용도 없는 대장까지 꼼꼼하게 한 장 한 장씩 넘기며 훑어보았다. 짓누르는 분위기에 휩싸인 어두운 방에는 책장 넘기는 소리와 쉴 새 없이 다리를 떠는 오르가스의 장화 소리 외 그 어떤 인기척도 없었다.

마침내 감사원이 갑갑한 침묵을 깼다.

"백지 상태로 있는 대장에 올릴 신고서들은 어디에 있소?"

오르가스가 몸을 반쯤 돌려 비스킷 깡통 한 개를 집어 아무 말도 없이 탁자 위에 뒤집어엎자, 안에 있던 각양각색의 종이쪽지들이 쏟아져 나왔는데, 특히 재배지의 잡초가 달라붙은 크라프트지 쪽지들이 많이 보였다. 산이나 숲에서 벌목할 나무를 표시하는 데 사용하는 노랑, 파랑 그리고 붉은색 특수 유성 연필로 적은 쪽지들은 알록달록한 느낌을 주었다. 감사원은 무엇인가 한참 생각한 뒤 오르가스를 쳐다보다가 다시 생각에 잠기는 듯했다. 나중에 입을 열었다.

"잘 봤소. 이런 대장 관리는 처음 보는 일이오. 2년 치의 기록에서 서명을 하나도 찾아볼 수 없다니. 게다가 나머지 업무는 비스킷 깡통에 처박혀 있고. 음... 그래, 잘 알겠소, 소장. 내가 여기서 더 할 일이 없는 거 같소."

· 유향수 지붕 ·

그러나 고된 일을 겪은 듯한 오르가스의 다친 손이 눈에 띄자, 감사원의 마음이 어느 정도 누그러졌다.

"당신, 참 희한한 사람이네요. 어떻게 똑같은 두 사람이 매번 증인으로 나설 수 있고, 게다가 해가 바뀌어도 그 증인들 나이마저도 고치지 않았소? 지난 4년 동안의 모든 민원에 똑같은 증인들 이름이 대장에 적혀 있소. 해가 지나고 지나도 그 사람들 나이는 여전히 스물네 살 그리고 서른여섯 살이오. 그리고 말도 안 되는 이 종이쪽지 놀이는 또 뭐요?... 당신은 공무원이잖소. 맡은 직무를 수행하라고 국가가 당신에게 월급을 주는 거 아니오, 안 그렇소?"

"맞습니다." 오르가스가 대답했다.

"좋소. 이런 상황은 이러쿵저러쿵할 여지도 없는 파면감이오. 그렇지만 그 집행을 보류하겠소. 사흘 주겠소." 감사원이 잠시 시계를 살펴본 다음 말을 이어갔다 "내가 사흘 뒤 뽀사다스에서 볼 일이 있고 배에서 11시에 잠자리에 들 것이오. 그러니 토요일 밤 10시까지 정리된 등록대장을 제출하시오. 그렇지 않으면 파면 절차를 밟을 것이오. 무슨 말인지 알겠소?"

"잘 알겠습니다." 오르가스가 대답했다.

그리고 감사원을 대문까지 바래다주었다. 감사원은 그에게 무뚝뚝하게 인사를 하는 둥 마는 둥 하고 말에 박차를 가해 떠났다.

오르가스는 화산 자갈을 밟으며 길을 천천히 올라갔다. 집 지붕에 깔린 뜨거운 타르 판자보다 더 캄캄한 일이 산더미처럼 쌓여 있었다. 하다못해 지붕의 방수공사를 계속 이어가기 위해서라도 민원사무소 소장직을 어떻게 해서든 지켜야 하는데, 그러려면 등록대장 정리는 그야말로 반드시 풀어야 할 과제이었다. 신청서 1매당 필요한 시간을 참작해서 등록대장을 정리하는 데 얼마나 걸릴지 헤아려 보았다. 그에게는 민원사무소 등록대장을 그날그날 제대로 정리하고 관리하는 업무의 대가로 국가에서 나오는 월급 외 수중에 다른 재원이나 자원이 한 푼도 없었다. 그래서 조금 전부터 간당간당한 자신의 처지를 따지면 국가의 신임을 기필코 얻어야만 했다.

결국 오르가스는 찰흙으로 타르의 흔적을 손과 팔에서 말끔히 씻어 낸 다음, 탁자에 앉아서 등록대장 열두 권을 정리하기 시작하였다. 혼자서는 감사원이 언급한 시일 내에 도저히 달성할 수 없는 작업이었다. 그러나 다행히 그를 도와주는 소년이 종이쪽지를 읽으면 그가 받아 적는 식으로 일을 진행할 수 있었다.

이 소년은 폴란드 태생이고 나이가 열두 살인데, 붉은 모발에 온몸이 불그스레한 주근깨로 덮여 있었다. 속눈썹이 워낙 금색이라 옆에서 봐도 보이지 않을 정도이었고, 햇빛에 민감한 이유로 눈 부위 바로 위까지 벙거지를 꾹 눌러쓰고 다녀야 했다. 이 아이는 오르가스를 시중드는데, 요리할 줄 아는 음식이래야 겨우 한 가지밖에 없었지만, 오르가스는 전혀 개의치 않았고 두 사람은 굴나무 아래에 앉아서 먹었다.

그런데 폴란드 소년이 취사용으로 사용하던 오르가스의 화덕에 문제가 생겼다. 그래서 그 사흘 동안은 아이의 어머니가 아침마다 구운 만디오까를 들고 대지까지 올라가야 했다.

가마솥더위 속 어두운 업무실 탁자에 마주 앉아서, 오르가스는 웃통을 벗은 채 그리고 소년은 그곳에서조차 벙거지를 거의 코에 닿을 듯 눌러쓴 채, 일에 몰두하였다. 사흘 내내 종이쪽지 내용을 초등학생처럼 읽는 소년과 응답하는 셈으로 오르가스가 마지막 음절을 나지막이 반복하는 소리밖에 들리지 않았다. 두 사람은 드문드문 비스킷이나 만디

· 유향수 지붕 ·

까를 먹었지만, 일에서 손을 놓지는 않았다. 그렇게 쉴 틈 없이 일하다가 해가 저물 즈음에야 작업을 멈추었다. 오르가스가 몸을 씻으러 두 손을 허리에 걸치거나 높이 든 채 대나무 숲을 지나 냇가로 터벅터벅 걸어가는 모습에서 그가 얼마나 고단한지 충분히 헤아릴 수 있었다.

엎친 데 덮친 격으로 며칠 동안 끊임없이 북풍이 부는 바람에 어두운 방 지붕 주변의 공기가 더위에 못 이겨 물결치는 듯하였다. 하지만 그 좁은 맨땅바닥 업무실이 대지에서 찾아볼 수 있는 유일한 그늘이었고, 그곳에 틀어박혀 일하는 민원 소장과 소년은 낮잠 시간 내내 바깥에 있는 귤나무 밑에 허옇게 달궈진 모래알이 요란스레 튈 듯한 기세의 더위를 견디어야만 했다.

오르가스는 냇가에서 몸을 씻은 다음 밤에도 작업을 이어갔다. 두 사람은 바람 한 점 없고 숨이 턱턱 막히는 밖으로 탁자를 옮겼다. 어둠 속에서도 확연하게 구별되는 꼿꼿하고 드높고 시커먼 야자나무들 아래에서 그리고 허리케인 램프 불빛에 채색 날개 나방들이 구름처럼 몰려와 등록대장 백지에 무더기로 너저분하게 나뒹구는데도 그들은 일을 멈추지 않았다. 한증막 더위 같은 미시오네스의 밤에 볼 수 있는 이 나방들은 화려한 날개 색깔만큼 펜을 들 수도 놓을 수도 없을 정도로 심신을 가누기 힘든 상황에 집요하게 펜촉을 덮치는 성가신 존재인 바람에 작업은 더더욱 힘들었다.

첫 이틀 동안 오르가스는 4시간 정도 눈을 붙였고, 마지막 밤은 야자나무, 허리케인 램프 그리고 나방들 사이에서 홀로 뜬눈으로 보냈다. 잔뜩 찌푸린 날씨와 하늘이 폭삭 내려앉은 모습에 오르가스는 직감했다. 밤이 깊었을 때 저 먼 산 어디에선가 정적을 깨는 묵직한 천둥소리가 들리는 듯하였다. 사실 그날 오후에 남서쪽 하늘에 몰려있는 먹구름을 보았다.

'야베비리강이 넘치지만 않는다면…' 어둠 속에서 저 멀리 바라보면서 오르가스가 곱씹었다.

드디어 동이 트고 날씨가 갰다. 오르가스는 허리케인 램프 끄는 것을 깜박하고 그냥 들고 사무실로 돌아왔다. 그리고 혼자서 일을 이어갔다. 10시에 폴란드 소년이 잠에서 깨어나서 잠시 그를 도왔고, 오후 2시에 민원사무소 소장은 펜을 내팽개치고 연갈색 빛에 기름 낀 얼굴을 양 팔뚝에 파묻은 채 탁자에 엎드려 마치 숨도 쉬지 않는 듯 꼼짝도 하지 않고 한참 있었다.

마침내 정리 작업을 끝낸 것이었다. 새하얗게 끓어오르는 모래밭 앞에서, 어둠 속 탁자 앞에서, 장장 예순세 시간 동안 일하여 비로소 등록대장 스물네 권을 정리한 것이었다. 그런데 뽀사다스로 가는 배가 이미 1시에 떠난 바람에 말을 타고 갈 수밖에 없었다.

* * * * *

안장을 얹으면서 오르가스가 날씨를 살폈다. 하늘이 흰 구름에 가려져 있지만 햇볕은 여전히 따가웠다. 파라과이 쪽 계단 모양의 야산들과 남서쪽 유역에서 고온 다습한 밀림의 기운이 맹렬하게 밀려왔다. 그리고 시야의 끝자락에는 이미 빗방울이 하늘을 긁고 있었지만, 산익나시오에는 마냥 온 세상이 녹아내릴 듯만 하였다.

이러한 날씨 아래 오르가스는 뽀사다스를 향하여 급보로 또는 전력으로 말을 달렸다. 새 묘지의 언덕을 타고 내려가 야베비리 분지에 들어서서 강가에서 나룻배를 기다리는 중 거품을 내뿜는 나뭇가지 더미들

· 유향수 지붕 ·

이 강변으로 밀려오는 전혀 예상치 못한 상황에 부닥쳤다.

"강물이 불어나고 있소. 상류에 엊저녁과 오늘 비가 많이 퍼붓더니…" 뱃사람이 말했다.

"그럼 좀 더 아래쪽은 어떻소?" 오르가스가 물었다.

"거기도 마찬가지요…"

전날 밤 저 멀리서 들려온 그 소리는 역시나 비를 몰고 오는 천둥소리이었다. 이제 야베비리강 못지않게 삽시간에 불어날 가루빠강[94])을 건널 수 있을지에 모든 신경이 쏠린 오르가스는 현무암 조약밭에 말발굽이 으스러질 듯 전력으로 말을 달려 로레또[95]) 지역 기슭을 올랐다. 끝이 보이지 않는 경치가 펼쳐진 고원에서 보이는 하늘은 동쪽에서 남쪽까지 터질 듯한 짙푸른 물주머니 같았고, 하얀 수증기 사이로 빗물에 녹아내리는 듯한 밀림이 흐릿흐릿하기만 하였다. 햇빛 한 점 보이지 않았고, 드문드문 실오라기보다 못한 바람결이 질식할 것 같은 고요함을 비집고 다녔다. 극심한 가뭄 뒤에 오는 폭우를 예시하는 물 냄새가 온 사방에 진동하였다. 오르가스는 전력으로 산따아나 부락을 지나 깐델라리아스 마을에 도착했다.

그곳에서 강을 건너기 어려울 것이라고 예상은 했지만, 실제로 가루빠강 상류에 나흘 동안 폭우가 줄기차게 쏟아졌고, 그 물이 거세게 내려오고 있어서 강을 건널 수 없다는 달갑지 않은 현실과 마주치게 되었다. 여울도 뗏목도, 도저히 방법이 없었다. 썩은 쓰레기들이 잡초들과 엉키어 떠내려오고 뱃길에는 나뭇가지들이 급물살에 휩쓸려 내려가고

---

94) 가루빠강, Garupa : 미시오네스주를 흐르며 빠라나강의 지류이다.
95) 로레또, Loreto : 과거 예수회에서 원주민을 대상으로 계몽 및 전도 사업을 펼치기 위하여 세웠던 공동체가 있던 곳이다.

있었다.

'이를 어쩐다?' 벌써 오후 5시. 다섯 시간이 더 지나면 감사원은 잠자리에 들기 위하여 배를 탈 것인데. 오르가스에게는 한시라도 빨리 빠라나강까지 가서 하다못해 첫눈에 띄는 쪽배라도 타는 방법 말고 달리 할 수 있는 일이 없어 보였다.

그래서 주저 없이 말머리를 돌렸다. 그리고 날이 저물 즈음 하늘이 전례가 없는 거친 비바람으로 후려치겠다고 으름장을 놓는 가운데 3분의 1이나 갈라진 부위에 양철판을 덧붙였고 구멍으로 물이 새는 카누를 타고 빠라나강을 따라 내려갔다.

한동안 카누 주인은 강 중간으로 굼뜨게 노를 저었는데, 오르가스에게 받은 선불로 구한 까냐를 내리 들이킨지라, 얼마 지나지 않아 혀 꼬인 소리를 늘어놓더니 급기야 카누가 양쪽 강변으로 오가기 시작하였다. 그래서 갑자기 겨울바람 같은 차가운 돌풍이 불어 물살이 급격하게 험해지자 오르가스가 노를 빼앗았다. 큰비가 몰려오고 있었고 아르헨티나 쪽 강변은 이미 보이지 않았다. 굵직한 빗방울들이 떨어지기 시작하자 그는 고작해야 직물로 만든 가방에 넣어 둔 등록대장들이 걱정되었다. 외투와 셔츠를 벗어 대장들을 잘 두른 다음, 다시 뱃머리의 노를 거머쥐었다. 폭풍우에 걱정된 카누 주인 원주민 역시 손이 바빠졌다. 기껏해야 20미터 앞밖에 보이지 않고 온 사방이 하얗게 뒤덮이고 강이 요동치는 호우 속에서 두 사람은 죽을힘을 다하여 노를 저어 카누가 뱃길 밖으로 떠밀려 가는 것을 겨우 막았다.

그렇게나마 수로를 따라 강을 내려가는 것이 이동하는 데 도움이 되었기에 오르가스는 안간힘을 다했다. 그러나 바람은 갈수록 더 강해지고 깐델라리아스와 뽀사다스 사이에서 빠라나강이 마치 바다처럼 폭이 넓어짐에도 파도가 사납게 이는 듯하였다. 덧붙인 양철판에 부딪혀 튀어 들어오는 물에 가방이 젖을까 걱정이 되어 그 위에 앉았다. 하지만 그런 상황을 더는 버틸 수 없게 되자 오르가스는 뽀사다스에 좀 늦게 도착하더라도 카누를 강변 쪽으로 몰았다. 물이 넘쳐 들어오고 거센 물살이 측면을 후려치는데도 카누가 뒤집히거나 가라앉지 않았다는 사실은 '살다 보면 기적 같은 일을 겪을 때가 있다'라는 말의 좋은 예라고 할 수 있었다.

폭우가 잦아늘 기미가 선혀 보이지 않있다. 가누에서 내린 이들에게서 물이 줄줄 흘렀고 홀쭉해 보였다. 언덕을 기어오르자 가까운 거리에 컴컴한 건물이 하나 보였다. 등록대장들을 운 좋게 무사히 구했다는 생각에 오르가스의 표정이 조금이나마 누그러졌고 그곳으로 뛰어가 몸을 피했다.

버려진 벽돌 건조 창고이었다. 오르가스는 잿더미 사이에 있던 돌을 깔고 앉았고, 카누 주인 원주민은 두 손으로 얼굴을 감싼 채 입구에 쭈그리고 앉아서 아연 지붕을 요란스럽게 두들기는 빗줄기가 그치기를 묵묵히 기다렸다. 그러나 비는 점점 더 숨 가쁜 리듬으로 괴성을 내며 퍼부을 기세이었다.

오르가스도 밖을 내다보았다. 산 넘어 산 같은 기나긴 하루!... 마치 산익나시오에서 출발한 때가 한 달 전 같다는 느낌이 들었다. 야베비리 강은 계속 불어나고... 구운 만디오까... 혼자서 밤을 새우며 대장을 정리한 날... 매일 12시간 동안이나 하얗게 달구어 오른 마당...

이 모든 일들이 너무 먼 옛날이야기 같았다. 온몸이 젖었고, 허리가 으스러지는 듯했지만, 밀려오는 졸음에 비할 바가 되지 못했다. 한 찰나이나마 눈을 붙일 수 있다면! 그러나 눈을 붙일 여유가 있다고 한들

줄기찬 빗방울에 용수철처럼 튀는 잿더미 앞에서는 아무 소용이 없었다. 오르가스는 장화를 뒤집어 물을 뺀 다음 다시 신고 밖으로 나가서 날씨를 살폈다.

그런데 갑자기 비가 뚝 그쳤다. 그리고 습기에 질식하는 고요한 노을이 눈에 들어왔다. 오르가스는 당시 상황은 다름이 아니라 밤에 다시 폭우가 내릴 때까지 잠시 소강 상태에 접어들었다는 점을 의심치 않았다. 절대로 놓칠 수 없는 기회이기에 당장 길을 나섰다.

뽀사다스까지 대략 7킬로미터 남았으리라 어림잡았다. 날씨가 좋은 날에는 그 정도 거리는 단숨에 다다를 수 있지만, 지금처럼 기진맥진한 상태에서는 아무리 애를 쓰고 걸음을 내디뎌도 장화가 젖은 진흙에서 미끄러지기만 하였다. 그런데도 이비라로미 민원사무소 소장은 칠흑 같은 어둠 속에서 저 멀리 보이는 뽀사다스의 불빛을 향하여 7킬로미터를 걷고 또 걸었다.

잠을 자지 못해서 머릿속이 울리고 산산조각이 날 듯한 고통 그리고 이루 말할 수 없는 피곤함. 그러나 그는 가슴이 뿌듯하였다. 그 무엇보다, 비록 한낱 민원 업무 감사원 앞이지만, 자신의 면목을 세울 수 있게 되었다는 긍지에 차 있었다. 지금까지 우리가 보았듯이, 오르가스는 공무원이 될 자질도 의지도 없는 인물이다. 하지만 그는 사소한 의무일지라도 그것을 지키기 위해 힘들게 일한 사람만이 느낀다는 그런 뭉클함에 빠져 이제 더는 하늘에 비친 불빛이 아니라 눈이 부시게 빛나는 탄소아크등 사이로 거리를 꿋꿋하게 걷고 있었다.

* * * * *

· 유향수 지붕 ·

호텔 로비의 시계가 10시를 알렸다. 그때 칙칙하고 흙탕물을 뒤집어쓴 듯한 몰골에 당장이라도 쓰러질 기색으로 문틀에 기대어 힘겹게 들어오는 한 남자가 여행 가방을 닫으려던 감사원의 눈에 띄었다.

감사원은 한동안 물끄러미 그 남자를 지켜봤다. 오르가스가 다가가서 등록대장들을 탁자 위에 내놓자 그제야 감사원은 이 남자가 생전 처음 보는 사람이 아님을 깨달았다. 그렇지만 왜 그런 모습으로 이런 밤늦은 시간에 자기 앞에 나타났는지는 상상조차 하지 못했다.

"무슨 일이오?" 대장들을 가리키며 감사원이 담담하게 물었다.

"지시하신 대로 모두 정리되었습니다." 기진맥진한 오르가스가 겨우 대답했다.

감사원은 불청객의 외모를 살피면서 기억을 한참 더듬다가 오르가스의 업무실에서 있었던 일이 떠오르자 환하게 웃으면서 그의 어깨를 토닥토닥 두드렸다.

"허... 이 사람... 그냥 해 본 말을...! 곧이곧대로 받아들였네. 그런 생고생을 뭐하러..."

* * * * *

땡볕 더위 하던 어느 날 한낮에, 오르가스와 함께 그의 집 지붕에 올라갔을 때, 타르 처리된 무거운 즈크 두루마리를 유향수 판자 사이에 끼워 넣으면서 그가 이 이야기를 나에게 들려주었다.

그렇게 이야기를 끝낸 다음, 민원사무소 소장은 다른 말은 덧붙이지 않았다. 그리고 몇 년이 지났지만, 나는 과거 그 당시 비스킷 깡통에 무슨 내용이 적힌 쪽지들이 있었는지, 그리고 문제의 등록대장들이 제대로 정리되었는지... 전혀 알 길이 없다. 그러나 그날 밤 오르가스가 느꼈을 법한 그 뭉클함을 가늠해 보면 내가 그 민원 업무 감사원이 아니었기 다행이라는 생각이 든다.

· 유향수 지붕 ·

• 암실 •

비 내리는 어느 날 밤, 부에노스아이레스에 갔던 치안판사가 사기를 당했고 건강이 매우 좋지 않은 상태로 돌아오는 중이라는 소식이 유적지에 있는 바에 전해졌다.

미시오네스 전(全) 지역에서 치안판사만큼 의심 많은 인물이 없고, 가벼운 천식이나 툭하면 겪는 이앓이 정도는 그냥 코냑 한 모금으로 해결하는 사람이라서, 그의 건강 문제는 주민들의 관심 밖이었던 바람에 전해 들은 소식은 그야말로 뜻밖이었다. 그가 뭐? 사기를 당했다고? 에이, 터무니없는 말이겠지!

이미 앞 이야기에서 메탄올을 들이켜 마신 후안 브라운과 그의 술벗 리베 그리고 카드놀이에서 이 치안판사를 소개한 적이 있다.

그의 이름은 말라끼아스 소뗄로이었다. 미시오네스 지역 원주민이고, 키가 작고 목이 짧아서 마치 머리를 꼿꼿이 세우는 데 목덜미에 힘을 잔뜩 주어야 하는 듯 보였다. 턱은 옹골찼고 이마가 매우 좁아서 짧고 철사같이 뻣뻣한 머리카락과 짙은 겉눈썹 사이에 겨우 두 손가락 정도의 틈밖에 없었다. 겉눈썹 바로 밑에 쑥 들어간 두 눈은 무한한 의심의 눈빛으로 가득 차 있었는데, 특히 천식 발작으로 고통스러워할 때 그런 모습은 더 심했다. 그럴 때마다 마치 우리에 갇힌 야생 동물처럼 안절부절못하는 두 눈으로 사방을 두리번거렸고, 주민들은 그런 꼴사나운 광경을 꺼렸다.

이러한 원시적인 풍채나 기질 외에는 그는 의기가 넘치고 그 어떤 일에도 헛돈을 쓰지 않는 야무진 면이 있었다.

그는 젊은 시절에 경찰 신분으로 꼬리엔떼스 전쟁96)에 참전했었다. 그리고 어느 날, 극한 환경에서 사는 이들의 운명을 별안간에 바꾸는 북풍처럼 그는 불안한 마음에 느닷없이 모두 내던지고 뽀사다스시(市) 법원의 문지기로 일하기 시작했다. 근무 시간에 법원 입구 복도에 앉아서 라 나시온과 라 쁘렌사97) 신문으로 홀로 글을 배웠다. 그때, 이 과묵한 원주민 청년의 꿍꿍이가 무엇인지 궁금해한 이들이 있었고, 10년 뒤 그는 이비라로미의 치안판사로 부임하였다.

여기저기서 귀동냥으로 쌓은 지식이 생각보다 다양하고 수준이 높았

---

96) 꼬리엔떼스 전쟁 : 파라과이 전쟁(1864-1870)의 2단계로 1865년 파라과이가 아르헨티나 꼬리엔떼스주(州)의 여러 도시를 점령하면서 발발한 전쟁을 일컫는다.
97) 라 나시온(La Nación)과 라 쁘렌사(La Prensa) : 오늘날에도 아르헨티나에서 발간되는 보수성향의 일간지 이름.

고, 최근에는 세계 역사 전집을 구매하였다. 이 사실은 박사 학위가 꿈이었던 그를 향한 주변의 조롱이 신경 쓰여서 마음 깊이 숨겨둔 바람에 나중에야 알게 되었다.

넘어지면 코 닿는 곳조차 말을 타고 다닐 만큼 외출할 때 결코 걷는 적이 없었고, 마을에서 옷을 가장 잘 차려입는 사람이었다. 하지만 자기 집에서는 맨발로 다니고, 해 질 녘에는 손수 만든 모카신을 맨발로 신은 채 집 앞 옛날 국도[98])변에 흔들의자를 놓고 앉아서 책을 읽곤 하였다. 가죽 가공 도구를 몇 개 소유하고 있었는데 구두 깁는 기계를 사들이는 것이 그의 작은 바람이었다.

그와의 안면은 내가 이곳에 자리 잡았을 무렵, 서로 통성명하기 위해 서라기보다 까르삔초[99]) 가죽을 무두질하는 데 다이크로뮴산보다 덜 태우면서 타닌산보다 더 빨리 작업하는 방법을 물으러 내 공방에 찾아왔을 때부터이었다.

터놓고 말하자면, 그에게 나는 기껏해야 자기 눈 밖에 나지 않았거나, 그냥 달갑지 않은 주민일 뿐이었다. 짐작하건대, 아마 내가 이곳에 정착하고 얼마 뒤에 있었던 국경일 기념 연회와 관련된 일 때문인 듯싶다. 제르바 마떼 재배 농장주, 관료 그리고 상인들로 구성된 지역 상류층이 예수회 유적지에 있는 광장에서 행사를 열었는데 가난에 쪼들린 사람들과 껄떡대는 아이들이 메뚜기 떼처럼 몰렸다. 나는 참석하지 않았지만, 어느 날 밤 술에 절어서 가시철조망에 기대어 재채기하다가 한쪽 눈을 잃은 '애꾸눈' 목수와 늙고 그야말로 깊은 숲속의 야수처럼 붙

---

98) 옛날 국도 : 남아메리카 식민지 시절 에스빠냐 왕의 칙명으로 만들어진 도로.
99) 까르삔초 : 학명은 Hydrochoerus hydrochaeris. 남아메리카 물가에 서식하는 길이 약 1미터 정도의 설치류. '까삐바라'라는 명칭으로도 알려져 있음.

임성이라곤 전혀 없고, 석 달 동안이나 내 자전거를 훔쳐본 뒤에서야 시큰둥하게 "cavalho de pao..."100)라고 혼잣말한 뒤 관심을 접은 브라질 사냥꾼과 함께 그 연회의 모든 상황을 먼발치에서 지켜봤다.

틀림없이, 내가 그렇게 격을 갖추지 못한 자(者)들과 어울리고, 더욱이 국경일에도 그냥 평소대로 옷차림하는 그런 내 모습이 치안판사의 눈에는 못마땅했을 것이다.

최근에 8년 전부터 자신을 뒤쫓아 다니던 엘레나 필수드스키라는 한참 어린 폴란드 여자와 결혼했다. 그녀는 남편이 가죽 작업하는 실로 옷을 기워 아이들을 입혔다. 엘레나는 이른 아침부터 밤늦게까지 여느 건장한 인부 못지않게 일하였고 (이런 면에서 치안판사가 사람 보는 눈은 있었나 보다) 아침 해 뜰 무렵 치마를 골반 부위에 질끈 묶고 허벅지가 드러난 채로 이슬에 젖은 수염풀 사이로 뒤쫓는 그녀를 피해 달아나는 송아지들처럼 야생성과 의심에 찬 눈빛으로 모든 방문객을 노골적으로 쩨려보았다.

여기서, 비록 이비라로미에는 이따금 나타났지만, 소개해야 할 또 다른 인물은 치안판사 소뗄로의 장인이자 엘레나의 아버지 에스따니슬라오 필수드스키이다.

이 폴란드인은 날렵한 얼굴 윤곽을 따라 뻣뻣한 수염이 있었고 항상 새 장화에 카프탄101) 같은 검고 긴 외투 차림이었다. 그의 얼굴에는 미소가 한시도 떠나지 않았고, 언제나 상대방의 말을 끊거나 선수를 칠 수 있는 순간을 노리는 교활한 늙은이 같은 면이 있었다. 마을에서 지

---

100) cavalho de pao : "쓸데없는 물건이군."
101) 카프탄 : 무슬림 국가에서 입는 옷깃이 없고 목덜미부터 무릎까지 덮고 앞이 터인 폭이 넓은 소매가 있는 옷.

내는 동안에는 하루도 빠짐없이 바에 나타났다. 날씨가 좋을 때는 매일 다른 지팡이를 들고, 비 오는 날에는 우산을 들고 다녔다. 이리저리 게임 테이블로 돌아다니고, 테이블마다 한참 머물면서 모든 이에게 예의를 갖추거나, 외투 밑으로 뒷짐을 지고 당구대 옆에 서서 몸을 시계추처럼 좌우로 천천히 흔들며 지켜보다가 스리쿠션의 성공 여부에 따라 함께 기뻐하거나 아쉬워했다. 그가 진정한 남자가 갖추어야 할 조건을 언급할 때마다 어김없이 '고운 마음씨'라는 표현을 쓰기에 언제부턴가 주민들은 그를 '고운 마음씨'라고 불렀다.

 당연히, 우리의 주인공인 치안판사이자 지주인 소뗄로가 자기 자식들을 아끼고 보살피는 엘레나와 결혼했을 때 누구보다 앞서 그 '고운 마음씨'라는 칭송의 대상이 되었다. 그러나 협잡꾼 같은 폴란드 노인은 마을 주민 아무에게나 그런 입발림을 하였다.

＊ ＊ ＊ ＊ ＊

 지금까지 소개된 인물들이 이 이야기의 주제인 사진과 깊이 관련되어 있다.

 앞서 말했듯이, 치안판사가 사기를 당했다는 소식을 우리는 어림도 없는 소리로 받아들였다. 소뗄로는 말 그대로 불신과 의심의 화신이었고, 아무리 부에노스아이레스의 번화가에서 혼란스러웠을 촌뜨기이지만, 그 어떤 속임수도 그에게는 씨도 먹히지 않을 거라고 우리는 믿어마지 않았다. 게다가 그런 소문이 어떻게 났는지조차도 분명하지 않았다. 그가 건강이 좋지 않은 상태로 돌아온다는 확인된 소식이 뽀사다스에서 전해왔듯이 사기에 넘어갔다는 그 소문 역시 같은 입에서 흘러나오지 않았을까 싶지만.

  그 소문은 어느 날 아침 내가 괭이를 메고 집으로 돌아오는 길에 누구보다 먼저 듣게 되었다. 새 선착장으로 이어지는 옛날 국도를 건너려 할 때, 어떤 소년이 전력으로 달리던 백마를 다리 위에 세운 다음 내려서, 전날 밤 이구아수행 급행 증기선 편으로 치안판사가 도착했는데, 몸 상태가 너무 심각해서 승객들의 부축을 받으며 하선했다고 나에게 알려줬다. 그리고 그 소식과 수레를 보내 데려가라는 말을 소뗄로의 가족에게 전하러 가는 길이라고 덧붙였다.

  "그런데 어디가 아프다니?" 내가 소년에게 물었다.

  "그건 모르고요. 말을 할 수 없대요... 숨이 가쁘다나..." 소년이 대답했다.

  비록 소뗄로가 나에게 호감이라곤 전혀 없고 심각하다는 건강 상태가 여느 때와 마찬가지로 천식의 발작임이 틀림없을 거라 여겼지만, 나는 그를 보러 가기로 마음먹었다. 말에 안장을 올리고 10분 이내에 그가 있는 곳에 도착했다.

  이비라로미 새 선착장에는 제르바 보관용으로 새로 지은 큰 창고와 한때 식품점이며 여인숙으로 영업하다가 지금은 버려진 허름한 이층집 한 채가 있다. 빈집의 컴컴한 방에는 먼지와 이끼가 낀 자동차 부품 몇 개와 고장 난 전화기 한 대가 바닥에 나뒹굴고 있었다.

  그 방의 구석 한 곳에 재킷을 벗은 채 간이침대에 기대어 누워 있는 치안판사를 발견했다. 거의 앉은 자세였는데 셔츠 단추들이 풀려 있고 옷깃102) 앞부위가 떼어져 있었다. 숨을 내쉬는 모습을 보니 영락없이

---

102) 옷깃 : 당시의 옷깃은 탈착할 수 있었다. 오늘날의 '윙 칼라'(wing collar)와 유사하다.

심한 천식 발작에 시달리고 있었는데 그 광경을 보기가 정말 거북하였다. 나와 눈이 마주치자 그가 베개에 기댄 머리를 세차게 흔들고, 한쪽 팔을 들어 이리저리 정신 사납게 움직이다가 다른 팔도 휘젓더니 갑자기 입으로 가져갔다. 하지만 그는 아무 말도 하지 못했다.

깊이를 알 수 없는 눈과 여윈 콧대를 포함한 그의 겉모습을 떠나서 내 눈길을 사로잡는 것이 있었다. 셔츠 소매에서 반쯤 내다보이는 앙상한 그의 손과 시퍼런 손톱 그리고 서로 달라붙은 듯하면서 핏기 한 점 없는 손가락으로 침대 덮개를 움켜쥐려고 애쓰는 모습이었다.

그를 좀 더 유심히 살펴보니 임종이 임박했다는 점을, 바로 그 자리에서 그가 이 세상을 떠나고 있다는 사실을 확연하게 깨달았다. 간이침대 옆에 굳은 자세로 서 있는 내가 보는 앞에서 그가 침대 덮개를 여기저기 더듬었는데, 찾는 것이 손에 잡히지 않는지 지그시 손톱을 꽂아 넣으려고 했다. 그리고 입을 연 채 천천히 머리를 돌려 뭔가에 놀란 눈으로 지붕 한구석을 뚫어지게 바라보더니 마지막에는 시선이 양철 지붕에 영원히 멈추었다.

죽다니! 불과 10분 전만 해도 이앓이나 천식을 겪을 때마다 대수롭지 않게 까냐 몇 모금으로 상황을 넘기던 치안판사라는 변변찮은 인간을 위로나 하겠거니 생각하고 휘파람 불면서 집을 나섰는데! 그랬는데 지금은 자신의 마지막 순간을 나에게 보여주려고 벼른 듯한 그 인간의 모습에 경직된 얼굴로 집으로 돌아오고 있었다.

나는 그런 충격에 극도로 시달리는 성향이 있다. 그래서 예전부터 시체를 보는 경우를 되도록 피했다. 죽은 사람을 보는 일은 나에게 단순히 생물적 기능이 멈춘 사체를 보는 것과는 사뭇 다르다. 분명히 다르다. 여지없이. 시체는 우리가 알고 지내던 누군가를 떠올리게 하는 징

그럽게 축 늘어지고 누르스레하며 차가운 물체이다. 그래서 제멋대로 그런 끔찍한 장면을 지켜보게 만든 의심투성이 치안판사에 대한 나의 불쾌감은 백분 이해되리라 생각한다.

남은 오전 내내 집 밖을 나가지 않았다. 전력으로 달리는 말발굽 소리가 종종 들렸다. 한낮이 되었을 즈음 노새 세 마리가 급보로 끄는 수레 위에 서서 몸을 가누기 힘들어 손잡이를 붙들고 가는 엘레나와 그녀의 아버지가 보였다.

나는 그녀가 죽은 남편을 보러 가기까지 왜 그리 시간이 걸렸는지 아직도 모르겠다. 아마 딸과 같이 수레를 타고 가서 고인을 태워서 돌아올 계산이 있던 그녀 아버지의 뜻이었을지도. 그래야 비용을 줄일 수 있으니까. 그 무엇보다 돈을 우선시하는 인간이니... 부녀가 돌아오는 길에 '고운 마음씨'가 내 집 앞에 수레를 멈추게 하고 내려서 팔을 휘저으며 나에게 말을 걸었을 때 나의 그런 추측이 틀리지 않았음을 확인할 수 있었다.

"아이고... 어쩌다 이런 일이! 이처럼 좋은 판사는 미시오네스 어디에도 없었어요! 참 좋은 사람이었는데! 그 고운 마음씨에! 누가 몽땅 훔쳐 갔어요! 여기 선착장에서... 돈이 한 푼도 없어요, 한 푼도!"

나와 시선을 피하면서 힐끗거리는 그의 모습에서 나는 이 폴란드 늙은이 역시 우리처럼 소뗄로가 부에노스아이레스에서 사기에 속았다는 소문을 전혀 믿지 않는 것은 물론이고, 나아가서 그의 사위가 선착장에서 숨지기 직전 또는 직후에 누군가 돈을 가로챘으리라 의심한다는 사실도 눈치챘다.

"아! 정말 어쩌다...!" 늙은이가 머리를 저었다. "500페소[103]를 가지고 갔어요. 그리고 몇 푼 쓰지도 않았고요! 그 고운 마음씨! 그런데 겨우 20뻬소밖에 안 남았다니 말이 됩니까?"

그리고 자기 사위의 돈이 있으리라 의심하지만 차마 내 호주머니를 노골적으로는 훑어보지 못하고 대신 내 장화를 뚫어지게 쳐다보았다. 노인이 추측하는 그런 짓을 저지르기에는 시간상으로 불가능하다는 사실을 내 나름대로 에둘러 설명하였으나 야바위꾼 같은 그 늙은 놈은 혼잣말을 계속하면서 자리를 떴다.

그리고 이어진 10시간은 나에게는 악몽과 다르지 않았다. 장례는 그날 오후 해 질 무렵에 치러야 했다. 그 전에 엘레나의 큰딸이 나를 찾아와서 고인의 사진을 찍어 달라는 어머니의 부탁을 전했다. 마치 자기가 제대로 죽었으니까 더는 움직이지 않겠다는 증표를 내보이기라도 하듯, 턱을 벌린 채 지붕 한구석에 시선을 한없이 박은 판사의 얼굴이 내 눈앞에서 지워지지 않았다. 그런데도 죽은 사람을 다시 보고, 생각하고, 초점을 맞추고, 찍고, 암실에서 인화해야 한다니...

그렇지만 남편의 사진을, 남편의 유일한 사진을 간직하고 싶을 엘레나의 부탁을 거절하기가 참...

필름 두 판과 사진기를 챙겨 빈소로 향했다. '애꾸눈' 목수가 평행육면체로 짠 관 속에 판사를 눕혔는데, 그 어느 구석에도 남는 공간이 없었고 푸르스름한 두 손은 가슴 위에 십자로 겨우겨우 포개져 있었다.

관을 법원의 어두컴컴한 방에서 꺼내어 북적이는 복도에서 머리맡 쪽을 인부 두 명이 지탱하면서 거의 수직으로 세워야 했다. 그렇게 나는 암막 밑에서, 반쯤 벌어진 입 사이로 삐져나오는 듯한 죽음보다 더 검은색, 손가락 한 개 정도 우묵하게 들어간 아래턱, 눈썹 아래에 퉁퉁

---

103) 500 뻬소 : 1920년대에 초등학교 교사의 다섯 달 치 월급과 맞먹었다.

붓고 끈적끈적하게 보이는 뿌연 눈, 그런 끔찍한 형상을 담으려고 애쓰느라 신경이 마비될 지경이었다.

해가 저물 즈음에 서둘러 관을 닫고 못을 박았다. 그 전에 엘레나가 아이들을 데려와 작별 인사로 아버지 이마에 키스하게 하였다. 바닥에 질질 끌려오던 막내 남자아이는 괴성을 지르며 거부했다. 딸은 비록 등 떠밀리고 잡힌 채이지만 아버지에게 키스했다. 그러나 아버지의 그렇게 흉측한 모습에 여자아이는 기겁하였고, 긴 세월이 지난 지금 그녀가 아직 살아 있다면 그때의 공포감은 여전히 생생하지 않을까 싶다.

나는 장지에까지 갈 마음이 없었으나 엘레나를 생각해서 갔다. 가여운 그녀는 한 손으로는 태어난 지 겨우 여덟 달밖에 되지 않는 아기를 안고, 다른 손으로는 장지까지 가는 내내 소리 지르고 칭얼대며 도망가려는 남자아이의 손을 끌어당기면서 소들이 끄는 달구지 뒤를 따랐다. 가는 길이 좀 멀어서 소의 걸음을 서두르는 바람에 그녀는 수시로 손을 바꿔가면서 아기를 보듬고 남자아이의 손을 꼭 붙잡았다. 그 뒤에 '고운 마음씨'가 행렬에 있는 한 명 한 명에게 도둑맞은 돈에 관한 하소연을 늘어놓고 울먹이면서 따라갔다.

셀 수 없는 큰 개미들이 버글버글 벽을 기어오르는 방금 판 구덩이에 관을 내렸다. 마을 사람들은 삽질하는 매장 인부들 옆에서 눅눅한 흙을 한 줌씩 던졌고, 엘레나의 딸 손에 흙을 한 움큼 쥐여주는 이웃도 있었다. 그러자 머릿결이 헝클어진 채 아기를 조심스레 흔들며 달래던 엘레나가 허겁지겁 딸에게 다가가며 소리쳤다.

"안돼, 얘야! 아버지에게 흙을 던지다니!"

* * * * *

· 암실 ·

이제 장례식은 끝났지만 마무리해야 할 내 몫이 아직 남아있었다. 몇 시간 동안 암실에 들어가기를 머뭇거렸다. 결국 마지못해 들어갔는데 자정 무렵이었을 게다. 심기가 편안한 평소 같았으면 여느 때와 다른 점이 하나도 없는 일이었다. 그러나 문제는 아직도 사방 그 어디에서라도 뛰쳐나올 듯한 땅에 묻힌 그 사람을 내가 되살려야 했다. 비좁은 어둠 속에서 오로지 그와 나 단둘이었다. 내 눈앞에서 그리고 젖은 내 손가락 밑에서 그가 조금씩 윤곽을 드러내며 검푸른 입을 벌렸다. 공포에 질린 내 앞에서 그의 얼굴이 땅 밑에서 솟아올라 또 다른 인화지인 내 망막에 확연히 새겨질 때까지 철반(鐵盤)을 조심스레 좌우로 기울어야 했다.

마침내 작업을 마쳤다. 밖에 나오자 잊고 지낸 삶의 원동력과 희망이 가득 찬 새벽을 맞이하는 듯했다. 바로 내 앞에 꽃이 활짝 핀 바나나 나무의 크고 습한 잎에서 물방울들이 떨어지고 있었다. 저기 보이는 다리 너머로는 이슬을 머금은 붉은 만디오까가 이제야 꼿꼿하게 땅 밖으로 모습을 드러내고. 저 멀리 강으로 내려가는 분지에 있는 제르바 재배지를 포근하게 감싸던 안개는 숲 위로 오르면서 미지근한 빠라나강에서 올라오는 자욱한 수증기와 뒤섞이고.

정녕 이러한 모든 게 나에게 친숙하였고, 그야말로 나의 진정한 삶이었다. 그래서 나는 이리저리 거닐며 내 삶을 다시 시작하는 마음으로 해 뜨기를 기다렸다. 느긋하게.

• 오렌지주(酒) 양조자들 •

왜 그리고 어떻게 이곳에 왔는지 아는 사람 없이 어느 날 한낮에 그가 마을에 나타났다. 그리고 이비라로미의 술집이라는 술집은 한 군데도 빠트리지 않고 돌아다니면서 리베나 후안 브라운을 제외한 그 누구도 넘볼 수 없는 주량을 과시했다. 파라과이 군인 통바지와 맨발에 샌들을 신고 때가 찌든 흰색 베레모를 눈꺼풀에 닿을 만큼 삐딱하게 쓰고 있었다. 술 퍼마시는 것 외에 하는 일이라고는 껍질이 다 벗겨지고 마디투성이인 지팡이를 인부들에게 건네주며 어디 한번 부숴보라고 부추기는 짓이었다. 인부들이 돌아가면서 지팡이를 돌판에 후려쳤지만, 지팡이는 그야말로 멀쩡했다. 판매대를 등지고 앉아 다리를 꼰 채 그 모습을 지켜보면서 지팡이 주인은 흐뭇한 미소를 지었다. 다음 날 그는 이미 소문이 자자하게 난 지팡이를 들고 같은 시간에 같은 술집들을 돌아다녔다. 그러다가 홀연 마을에서 자취를 감추더니 한 달쯤 지난 어느 날 해가 저물 즈음 화학 기술자 리베와 함께 유적지를 지나 서쪽으로 걸어가는 그의 뒷모습이 바에 있던 주민들의 눈에 띄었다. 그때 우리는 그가 누구인지 알고 있었다.

  1800년 무렵에 파라과이 정부가 많은 유럽인 전문가를 채용했는데, 그중 대학교수 수요가 제일 적었고 공업 분야 기술자를 가장 선호했다. 파라과이 정부는 엘세라는 이름의 스웨덴 출신 생물학 박사에게 의료 체계를 구축하는 업무를 맡겼고, 당시 젊고 탁월한 이 전문가에게 파라과이는 자기 꿈을 한껏 펼칠 수 있는 곳이었다. 그는 5년 만에 의료기관과 연구기관을 체계적으로 설립하였는데, 이는 다른 전문가들이 20년 정도의 노력을 들여도 이루지 못할 법한 일이었다. 그런데, 그 이후로 그의 재능은 온데간데없이 사라졌다. 유능한 스웨덴 학자는 이 열대지역에 발을 디딘 여느 수많은 외국인처럼 알코올 중독에 빠져 되돌아올 수 없는 폐인의 길에 들어서고 말았다. 지난 15년에서 20년 동안 그의 행적에 관해서 알려진 바가 전혀 없었다. 그러다가 어느 날 느닷없이 군인 통바지와 비스듬히 쓴 베레모 차림에 한낱 지팡이의 튼튼함을 온 세상에 증명하는 일이 마치 자기 존재의 유일한 이유이자 목적인 듯한 기세로 이곳 미시오네스에 나타난 것이었다.

  바로 이 인물 때문에 루이세르는 최근 몇 달 전부터 꿈꾸던 오렌지주 양조업에 본격적으로 뛰어들 마음을 다졌다.

  앞 이야기104)에서 리베와 같이 소개된 바 있는 이 정비공의 머리에

---

104) 앞 이야기 : 〈따꾸아라 저택〉 참고.

는 사업계획 세 가지와 심심풀이 구상 한두 개가 맴돌고 있었다. 그는 부에노스아이레스에서 자동차 시동 크랭크에 걸려 팔을 잃었고 특별한 재산이나 금전은 한 푼도 없었다. 그렇지만 남은 한쪽 팔, 구운 만디오까 두 개와 절단된 팔 밑에 끼고 다니는 용접기만으로도 자신을 이 세상에서 가장 행복한 사람으로 여겼다.

"부족한 거 없어요." 성한 팔을 휘저으며 흥겹게 말하곤 하였다.

그의 이런 자존심은 자기가 각종 직업과 예술에 대하여 나름대로 지식을 갖추었다는 확신과 절제하고 검소하게 생활하고 있으며, 그리고 귀하디귀한 L'Encyclopédie105) 두 권을 가지고 있다는 사실에 기대었다. 이런 자존심, 무한히 낙천적인 성격과 용접기 외에는 그야말로 그는 빈털터리이었다. 그러나 그의 머릿속은 기술적 발명을 둘러싼 아이디어에 솥에서 찌는 만디오까보다 더 열광적으로 끓어올랐다. 수중에 가진 것이 워낙 없어서 큰 계획을 추진하지 못했지만, 항상 지역 내수(內需)를 겨냥한 가내공업이나 삼투현상을 응용하여 주변 지역의 늪에서 자기 집까지 물을 끌어올 수 있는 획기적인 기계를 개발하는 꿈을 포기하지 않았다.

3년 전부터 루이세르는 지역에서 언제나 구하기 어려운 옥수수알 으깨는 기계, 타르와 사철(沙鐵) 처리된 판자, 땅콩과 벌꿀로 만든 누가, 건류법으로 얻는 유향 수지, 벌목장 멘수들이 맛보고 껄떡거린 사탕 입힌 광귤 껍질, 칼륨 화합물로 추출되는 라빠초106) 염료, 엘세가 마을에

---

105) L'Encyclopédie : 프랑스의 달랑베르(D'Alambert)와 디드로(Diderot)의 감독하에 출판된 총 33권으로 구성된 백과전서.
106) 라빠초 : Handroanthus impetiginosus 의 일반 명칭. 목재는 토목공사나 가구 제작에 사용되고 나무의 껍질, 가지, 뿌리, 열매에 있는 성분에서 얻은 물질은

나타났을 무렵 전념하고 있던 오렌지 에센스 오일 같은 사업들을 연달아 시도했었다.

그러나 이런 사업이나 계획을 제대로 펼칠 수 없었기에 그의 모든 도전 정신과 노력은 헛수고로 끝났다.

그는 뭉뚝 팔을 흔들며 환한 표정으로 말하곤 하였다.

"필요한 거요? 200뻬소만 있으면 되죠. 그런데 그 큰돈을 구할 데가 있어야지..."

그랬다. 그의 묘안들은 이렇게 몇 푼 되지 않는 자금이 없어서 빛을 보지 못했다. 이비라로미에서는 누구에게 10뻬소를 빌리는 일이 그에게 필요한 팔 한쪽 구하는 것보다 더 어려웠다. 그러나 이런 난관 앞에서도 정비공은 항상 낙천적이었고, 오히려 새로운 사업 기획과 꿈이 더 격렬하게 요동쳤다.

그런데 오렌지 에센스 오일 작업장의 꿈은 현실로 이루어졌다. 어느 날 엘세가 마을에 불쑥 나타났듯이, 작업장 설립 역시 전혀 예상치 못한 일이었다. 그렇다고 루이세르가 제르바 작업장 이곳저곳을 평소보다 더 분주하게 돌아다니지도 않았고, 그냥 조용히 작업장을 차렸다. 그는 용접기 외 꼭 필요한 수리 공구 다섯 가지밖에 가지고 있지 않았다. 마을에 있는 오래된 큰 국자들을 끌어모아 수력 터빈의 날개를 만들었듯이, 이 집 저 집, 이 창고 저 창고에서 얻은 물건으로 기계의 모든 부품을 만들었다. 낙관적이고 에너지 넘치는 신념으로 배수관 1미터 또는 녹슨 넓은 아연판을 구하러 열심히 돌아다니고, 외팔과 뭉뚝 팔만으로 절단하고, 틀고, 꼬고, 용접했다. 또 증기보일러의 펌프는 어떤 꼬마에게 자기가 팔을 잃게 된 이야기를 신물 날만큼 들려주며 꼬드겨서 얻어

잉크나 염료 따위의 원료가 되며 가죽 무두질에도 사용한다.

낸 장난감 기차의 피스톤으로 만들었고, 증류기는 시중에서 구할 수 있는 것과 달리 냉각기가 나선형 대신 접시 모양이었는데, 이것은 어떤 박물학자가 뱀을 가두어 두는 통을 만드는 데 사용한 순 아연판을 이용하여 제작하였다.

그러나 정비공의 가장 기발한 작품은 오렌지 착즙기이었다. 8센티미터 길이 정도의 못이 박힌 나무통이 수평으로 놓인 나무 축을 중심으로 회전하는 구조이었다. 성게 같은 나무통 안에서 오렌지들이 구르면서 못에 부딪히고, 찍히고, 찢기어 튀면서 산산조각이 나서 노란색 과육이 되어 보일러로 옮겨졌다.

미시오네스의 땡볕과 한여름에도 항상 입고 다니는 검고 굉장히 두꺼워서 거추장스럽기 짝이 없는 선원 셔츠에도 불구하고 그는 외팔로 나무통에 반(半) 마력 정도의 힘을 거뜬히 가할 수 있었다. 그런데 장난감 같은 조잡한 펌프는 걸핏하면 꼼꼼히 살펴보고 손봐야 해서 초기 때부터 저 멀리 나무 뒤에 반쯤 숨어서 작업장을 지켜보던 청년에게 도움을 청했다.

그는 말라끼아스 루비다르떼라는 스무 살의 브라질 출신 흑인이었다. 마을 주민들은 그가 숫총각이라 추측했는데 사실 그랬다. 그런데 어느 날 오전에 꼬르뿌스[107])에 결혼하러 간다며 말을 타고 떠나서 사흘 뒤 정신을 차리지 못할 만큼 술에 취한 채 여자 두 명을 데리고 늦은 밤에 돌아왔다.

그는 할머니와 같이 살았는데, 등유 깡통 나무 상자로 만든 칸을 쌓아서 지은 집을 이 흑인 하프 연주자가 주변에 신축 중인 이층집 서너

---

107) 꼬르뿌스, Corpus Christi : 산익나시오에서 22 킬로미터 떨어진 마을. 옛 예수회 유적지가 있다.

채의 새로운 건축 양식들을 모방해서 증축하거나 변조하는 바람에 모양이 기이하였다. 새로운 점이 눈에 뜨일 때마다 작은 규모로 집 한쪽을 널리든가 올리곤 하였다. 결국 그 집의 회랑에 빛이 드는 공간이 겨우 50센티미터에 불과하고, 문은 개 한 마리가 겨우 드나들지 싶을 만큼 좁았다. 그러나 브라질 청년은 주변의 조롱은 아랑곳하지 않고 그렇게나마 자신의 예술적 열망을 달랬다.

이런 기질을 지닌 인물은 정비공이 귀하게 여기는 그따위 만디오까 몇 뿌리 정도의 대가로 보조 일을 할 사람이 아니었다. 일을 시작한 날 말라끼아스는 오전 내내 나무통을 돌렸는데 오후에는 일자리로 돌아오지 않았다. 그리고 다음 날 아침부터 예전처럼 나무 뒤에서 작업장을 지켜보기만 하였다.

'외팔이'는 달콤한 향과 새콤한 향 두 가지의 오렌지 에센스 오일 표본을 마련해서 부에노스아이레스에 보냈다. 그런데 에센스가 고온에서 얻은 결과물이라서 유사한 수입품보다 경쟁력이 떨어진다는 답변을 받았다. 증류 과정에서 있은 기술적인 결함과 다른 여러 요소를 고려해서 고압에서 얻은 새로운 표본이 없으면 거래 협상의 논의조차 불가능하다는 내용이었다.

그는 전혀 기죽지 않았다.

"제가 생각했던 그대로네요. 온도만 높인다고 되는 게 아니에요. 그런데 돈이 있어야 달리 어떻게 해 볼 텐데." 등 뒤로 뭉뚝 팔을 잡으며 밝은 표정으로 우리에게 말했다.

'외팔이'보다 재정적 여유가 있어도 상상력이 부족한 사람은 그냥 증류기의 불을 끄고 포기했을지도… 그러나 수많은 수리 과정을 거치면서 주요 부속품 모두가 모조품으로 교체된 기계를 침울하게 바라보던 그에

· 오렌지주 양조자들 ·

게 나무통에서 흘러나오는 부식된 노란색 반죽이 눈에 띄자, 문득 이 물체가 오렌지주(酒)를 만드는 데 쓸모 있겠다는 생각이 스쳤다. 발효 기술과 관련된 지식이 별로 없었지만, 그는 그보다 더 어려운 일도 극복한 적이 한두 번이 아니었다. 게다가 리베의 도움을 받을 수도 있고.

그즈음에 마침 엘세 박사가 이비라로미에 나타났다.

* * * * *

리베에게 그랬듯이 지역에서 유일하게 이 새로운 폐인을 존중하는 주민은 정비공이었다. 비록 지금 리베와 엘세가 심연에 빠져 살고 있지만, 한때 각자 분야에서 내로라하던 인물들이었다는 사실을 백과전서 주인은 매우 중시 여겼다. 주변에서 특히 맹금류 같은 일자무식한 자(者)들의 두 외국인을 향한 악의에 찬 농지거리에도 '외팔이'는 한 치도 흔들리지 않았다.

"술이 문제지... 얼마나 뛰어난 사람들인데..." 주변의 조롱에 절레절레 고개를 흔들며 진지하게 반박하곤 하였다.

사실은, 지역 주민들이 한때 탁월했던 생물학자에게 덮어놓고 마음을 닫은 것이 아니라, 그럴만한 일화가 있었다.

엘세가 마을에 나타나고 며칠 뒤, 한 주민이 술집 판매대에 기대어 있는 그를 찾아와서 아내가 이래저래 아프니 처방을 간곡히 부탁했다. 주의 깊게 듣던 엘세가 판매대에 있던 크라프트지 공책에 힘겹게 처방전을 쓰기 시작했다. 그런데 펜촉이 부러졌다. 그러자 엘세가 허탈하게 웃음을 터뜨리더니 종이를 꾸겨버렸다.

"나 그런 거 몰라!" 생물학자가 다짜고짜 투덜대기만 하고 다른 말은 한마디도 없었다.

그날 낮잠 시간에 하늘마저 불타는 듯한 더위 아래 오르께따 습지까지 그를 동반한 '외팔이'는 그나마 운이 좋았다. 오렌지 과즙에 까냐 효모를 숙성할 수 있는지, 그 숙성 기간이 어느 정도 되는지, 어떤 비율로 해야 하는지 등등을 물었다.

"그런 거는 리베 씨가 더 잘 아는데..." 엘세가 구시렁댔다.

"아무튼. 내 기억에, 초기에 나온 사카로미세스108)는..." 정비공이 끈질기게 질문을 이어갔다.

반사 빛 때문에 베레모를 코까지 내려쓴 엘세는 마지못해 짧게 툭툭 내뱉는 식으로 대답했다. 루이세르는 이런 답변을 들으면서 까냐 효모로는 알코올 도수가 거의 없는 결과물밖에 얻지 못하니, 효모를 숙성시키는 일은 정말 헛된 짓임을 깨달았다. 그리고 과즙을 살균하고 인산염 처리를 한 다음 부에노스아이레스에 주문한 부르고뉴 효모109)와 잘 섞어 줘야 한다는 점도 알게 되었다. 허송세월하는 셈 치고 효모를 숙성시킬 수도 있지만, 굳이 그렇게까지 해야 할 이유가 없었다.

엘세 옆에서 종종걸음으로 걷던 '외팔이'가 넘치는 의욕과 더위에 셔츠의 옷깃을 풀면서 말했다.

"기분 좋다! 바로 작업에 들어가면 되겠네!"

단순하기도 해라! 오렌지를 발효하는 데 빠질 수 없는 부르고뉴 큰 술통을 여덟 개에서 열 개 정도를 확보해야 했는데, 당시 전시(戰

---

108) 사카로미세스 : 효모균의 일종. 포도당을 알코올로 만드는 과정에서 이산화탄소를 발생시킨다.
109) 부르고뉴 효모 : 학명은 Saccharomyces cerevisiae. 포도주, 빵, 맥주 그리고 럼을 제조할 때 사용하는 효모이다.

時)110)인 바람에 그가 꼬박 6개월 동안 눈코 뜰 새 없이 그리고 밤에 눈 한 점 붙이지 않고 용접해서 돈을 모아도 구하기 어려웠다.

그러나 그는 한 편으로는 비가 오는 날은 종일 제르바 창고에서 빈 휘발유 깡통을 나중에 벌목장 멘수들이 식용으로 사용할 타거나 썩은 비계를 담는 그릇으로 변조하는 작업을 하고, 다른 편으로는 더 쓸모가 없어서 버리려는 술통을 구하러 마을의 술집들을 열심히 돌아다녔다. 아울러 도수가 90도인 알코올이니 리베와 엘세가 틀림없이 도와줄 것이라 기대하였다.

리베는 태어나서 못 한 번 제대로 박아 본 적이 없었지만 힘닿는 데까지 루이세르를 도왔다. 정비공은 낡은 술통을 열고, 조임쇠를 제거한 다음, 손가락 반 정도가 들어갈 만큼 보라색 침전물이 들러붙은 술통 판을 하나씩 뜯어서, 긁어내고 그을리는 작업을 혼자서 땀 흘리며 수많은 시간을 들여서 이어갔다. 하지만 이는 술통을 다시 조립하는 작업에 비하면 결코 어렵거나 힘든 일이 아니었다.

반면에 오늘날 널리 알려진 양조법 구축에 한몫한 장본인 엘세는 루이세르가 발효과정을 이끌어 달라고 부탁하자 그냥 웃음을 터뜨리면서 일어섰다.

"나 그런 거 몰라!" 그리고 지팡이를 겨드랑이에 끼더니 산책한답시고 자리를 떴다. 그 어느 때보다 더 이방인이고, 더 흐뭇해하고, 더 초췌한 꼴을 보이면서.

딱히 정해진 곳 없이 나돌아다니는 일이 이 생물학자의 일과이었다. 어느 산길에서든 맨발에 샌들을 신은 채 그리고 뭔가에 들뜬 모습으로

---

110) 전시 : 이야기의 시간적 배경을 보아 제1차 세계대전을 뜻한다.

떠돌아다니는 그를 볼 수 있었다. 하루에 하는 일이라고는 오전 11시에서 오후 4시까지 마을의 모든 술집을 돌아다니며 술 마시는 것 외에는 없었다. 게다가 리베와 달리 우리가 모이는 바(bar)의 단골도 아니었다. 종종 밤늦은 시간에 말(馬)을 자기 부모라고 부르면서 말의 귀에 간신히 매달린 자세로 큰 소리로 웃으며 돌아다니곤 하였다. 숨이 넘어갈 듯 웃다가 균형을 잃고 말에서 떨어질 때까지 몇 시간 동안이나 그렇게 배회하였다.

 그런데 이러한 그의 허송세월에도 그를 알코올의 수렁에서 깨어나 제정신을 되찾게 하는 무엇인가 있다는 사실을 우리가 알게 되었을 때 정말 놀라웠다. 어느 날, 누구에게도 눈길조차 주지 않고 잰걸음으로 지나가는 엘세가 눈에 띄었다. 그날 오후에 이비라로미 근처 마을에서 초등학교 교사로 근무하면서 1년에 두세 번 정도 아버지를 뵈러 오는 그의 딸이 도착했다.

 여윈 체격에 검은색 옷차림의 딸이 아버지와 함께 오르께따 방면으로 지나갈 때 우리가 받은 첫인상은 그녀의 심통이 난 표정과 병약함이었다. 그리고 얼마 뒤 정비공 루이세르를 통해 들은 말에서 우리는 여교사의 그런 표정이 돌이킬 수 없는 쇠퇴에 빠진 자기 아버지와 그런 몰락을 나날이 그리고 낱낱이 지켜보는 우리에게 향하는 것이라는 추측을 하게 되었다.

 나중에 알려진 바에 따르면 이러한 우리의 짐작이 옳았다. 그녀의 피부는 스칸디나비아인 아버지와는 대조되는 어두운 갈색이었다. 그의 딸이 아닐 수도… 실제로 엘세는 그녀가 자기 딸이라고 전혀 믿지 않았다. 그의 그런 생각은 그녀를 대하는 태도에서 고스란히 드러났다. 버림받고 천대를 겪으며 자랐을 아이가 어떻게 초등학교 교사가 될 수 있

· 오렌지주 양조자들 ·

었는지, 더구나 그런 아버지를 어떻게 아직도 사랑하는지... 정말 불가사의한 일이었다. 함께 살 수는 없었지만, 그녀는 아버지가 사는 곳이라면 어디든 찾아뵈러 갔다. 그리고 엘세 박사가 술 마시는 데 쓰는 돈은 모두 그녀의 봉급에서 나오는 생활비이었다.

엘세는 그나마 딸이 보는 앞에서는 술을 마시지 않는 한 점의 염치는 있었다. 자기 딸이라고 믿지 않는 젊은 여자에게 갖추는 이런 예의는 과학을 능가하는 '외팔이'의 창의력보다 더 뜻밖의 사유가 틀림없이 있으리라는 상상을 자아내기 충분하였다.

이번에는 나흘 동안이나 그의 모습을 마을 어느 곳에서도 볼 수 없었다. 나중에 다시 마을 술집에 나타났을 때, 비록 여느 때보다 더 술에 취한 상태였지만, 덧대어 꿰맨 그의 옷에서 딸의 손길과 정성의 흔적이 역력했다.

그 이후부터 맨정신에 긴장된 얼굴로 마을에서 밀가루와 비계를 구하러 다니는 스웨덴 노인을 볼 때마다 우리는 조만간 딸이 올 것이라 믿어마지않았다.

* * * * *

한편 정비공은 남의 집 지붕마루에 걸터앉아 용접일을 하고, 쉬는 날에는 술통의 판을 긁어내고 그을리는 작업을 꾸준히 이어갔다.

그뿐만이 아니었다. 그 해 극심한 한파 때문에 오렌지 수확이 앞당겨졌고, 시월111)이지만 밤에 기온이 급격히 떨어지는 바람에 발효과정에

---

111) 시월 : 이야기의 지리적 배경인 미시오네스의 10월 평균 기온은 최저 18, 최고 30도이다.

차질이 생길 수 있어서 양조장 온도 문제를 고민하지 않을 수 없었다. 그래서 집 내부를 도심질 안 된 짚으로 덧댔는데 모양새가 뻣뻣하고 거친 솔 같아 보였다. 몸통은 소독제 깡통이고 따꾸아라 관이 벽에 덧댄 짚 사이를 마치 구렁이처럼 꾸불꾸불 누비는 난방장치를 만들어 설치하였다. 그리고 나중에 생산될 오렌지주를 담보로 흑인 말라끼아스를 인부로 채용하고 그의 수레도 빌렸다. 달아난 두 여인에 대한 울적한 마음을 달래지 못했고 여전히 과묵한 브라질 청년은 이렇게 오렌지를 숲에서 운반하면서 정비공을 위하여 다시 일하게 되었다. 보통 사람은 틀림없이 도중에 포기했을 텐데 '외팔이'는 흥겹게 그리고 굵은 땀을 흘리고 일하면서 한시라도 신념을 잃지 않았다.

"이제 다 됐어! 큰돈을 벌 수 있을 거야!" 온전한 팔과 절단된 다른 팔의 남은 부위를 같이 야심 차게 흔들며 희망찬 말을 반복했다.

부르고뉴 효모가 숙성되자 정비공과 말라끼아스는 나무통을 채우는 단계에 들어갔다. 흑인은 마체떼로 단칼에 오렌지를 자르고, '외팔이'는 강철 같은 손가락으로 눌러 짜는 작업을 했는데, 마체떼와 손이 마치 같은 회전축에 붙어있는 듯 같은 속도와 리듬으로 움직였다.

리베는 공장장이랍시고 그나마 가끔 작업에 일손을 보탰다. 비록 자신이 하는 일이래야 씨앗을 걸러내는 채와 술통들을 분주히 오가는 것뿐이었지만. 반면에 엘세는 지팡이를 겨드랑이에 끼고 손을 바지 호주머니에 꽂은 채 남들이 작업하는 모습을 유심히 지켜보기만 하였다. 그러다가 누군가 자기에게 도움을 요청할 때마다 그냥 웃음을 터뜨리며 변함없는 말을 내뱉었다:

"나 그런 거 몰라!"

그리고 비틀거리며 길 앞까지 가서 지나가는 사람이 있는지 보려는 듯 이쪽저쪽을 오가곤 하였다.

정비공과 흑인은 땡볕 아래에서 머리부터 발끝까지 오렌지즙에 뒤범벅된 채 줄곧 과일을 자르고 또 자르고 눌러 짜고 또 눌러 짜는 일을 이어갔다. 그러던 어느 날, 먼저 채워진 술통에서 발효하기 시작하여 수면에서 손가락 두 마디 높이까지 황옥 빛 안개비 같은 것이 올라오자, 정비공이 의기양양 옷깃을 열어젖힌 채 들뜬 마음으로 더 열심히 일하는 양조장에 엘세가 슬그머니 모습을 드러냈다.

"다 되었어요! 이제 당겨쓸 수 있는 돈만 좀 있으면 크게 성공할 수 있어요!" 신난 어조로 루이세르가 말했다.

알코올 중독자로 전락한 생물학 박사는 술통의 면 마개를 하나씩 열어 작은 구멍으로 새어 나오는 발효 중인 오렌지주의 향기, 다른 과즙에서는 결코 느낄 수 없는 상큼하고 깊은 그 향기를 잔뜩 들이마셨다. 그리고 시선을 돌려 벽, 벽을 덮은 뻣뻣하고 노르무레한 덧게비, 구렁이처럼 짚 사이 사이로 구부러져 돌아가며 훈기를 내뿜는 난방장치를 살펴보면서 떫은 미소를 지었다. 그러나 그날부터 그는 양조장 주변을 하루도 빠짐없이 기웃거렸다. 심지어 때로는 그곳에서 밤을 지새우기까지 하였다.

그는 오르께따 강변에 있는 정비공의 소유지에 살고 있었다. '외팔이'의 이런 재산에 관한 언급을 앞에서 하지 않은 이유는 연방정부가 25헥타르 규모의 푸서리를 분할하여 6년 할부로 75뻬소에 공급한 땅이기 때문이었다.

'외팔이'의 소유지는 외딴 습지이었고, 오두막 한 채, 이 보잘것없는 집 주변을 둘러싼 재 흔적 그리고 푸서리를 돌아다니는 여우밖에 보이지 않았다. 오로지 그것밖에. 오두막 입구에는 가릴 수 있는 판자 한

쪽조차 없었다.

 아무튼, 엘세는 피어오르는 오렌지주 향기에 사로잡혀 은근슬쩍 공장에 눌러앉았다. 그의 비협조적인 태도는 거듭 설명되었지만, 그날부터 루이세르가 보일러 불을 점검하려고 한밤중에 잠자리에서 일어날 때마다 이미 스웨덴 노인이 불을 잘 지키고 있었다. 그는 잠을 오래 자지도 깊게 자지도 않았고, 소독제 깡통 앞에 쭈그리고 앉아서 화로에 데운 마떼와 오렌지즙을 마시면서 밤을 새우곤 하였다.

 마침내 10만 개의 오렌지 알코올 발효 작업이 마무리되었고 여덟 개의 부르고뉴 술통이 알코올로 가득 채워졌다. 물론 도수가 아주 낮았지만, 농축 과정을 거치면 지역 주민들이 선호하는 도수의 최저 수치인 50도 알코올 100리터 정도는 넉넉히 얻을 수 있었다.

 정비공 역시 지역 시장을 목표로 하고 있었다. 하지만 훗날 이구아수와 부에노스아이레스를 이을 전선112)의 변압기 위치 같은 문제에 깊은 관심을 벌써 가질 정도의 사색가인 그는 자신의 상품에 대한 이상을 저버릴 수 없었다. 그래서 며칠 동안 분주히 움직여서 100그램 용량의 유리병 몇 개를 구했고, 신속히 표본을 만든 다음 부에노스아이레스에 보내려다가 소포를 긴 의자에 두고 잠시 자리를 비웠다. 그런데 돌아와

---

112) 전선 : 파라나강을 가로지르는 길이 808 미터, 20 개의 터빈을 갖추고 최대 4,050 메가와트 전력 생산이 가능한 오늘날의 야시레따(Yaciretá) 수력발전소에서 생산되는 전기를 부에노스아이레스로 송전하는 전선을 의미하는 것으로 추정된다. 1925 년 2 월 1 일 미국 워싱턴에서 아르헨티나-파라과이 합작 파라나강 낙차의 수력발전 활용 관련 첫 의정서 서명이 있은 다음 1958 년에 양국 기술위원회가 출범하여 1973 년에 실무 조사 및 연구 결과 보고서를 작성하기 전까지 수력발전소의 위치가 채택되지 않았다. 그래서 이 책 《내쫓긴 자들》의 원작 《Los Desterrados》가 출판된 1926 년에는 막연한 개념만 있었을 뿐이다.

서 보니, 그 병들은 온데간데없고, 대신 길이 비탈진 곳에서 지팡이를 간신히 두 손으로 붙들고 주저앉은 채 엄청 흡족한 표정으로 꼼짝도 못하는 엘세가 눈에 띄었다.

이런 상황은 여러 번 반복되었다. 매번 표본 병들은 사라지고 대신 얼굴이 붉게 달아오른 채 한탄을 쏟아냄과 동시에 환희에 생기가 넘치는 노르웨이 늙은이만 남아있었다. 급기야 정비공은 알코올 분석을 의뢰하는 계획을 포기하였다.

이런 일에도 불구하고 '외팔이'는 전직 생물학자에 대한 존경심을 잃지 않았다.

"그냥 모조리 다 마신다니까요! 어떻게 한 병이라도 안 남기고...!" 그가 밤에 바에서 우리에게 넋두리하곤 하였다.

사실 루이세르는 증류 과정에 필요한 시간은 물론이며 점액질을 걷어내는 최소한의 여과 작업을 할 시간도 모자랐다. 결국 결과물에는 진액과 같은 문제가 있을 수밖에 없었다. 고약한 냄새와 떫은 뒷맛. 그래서 리베의 조언에 따라 실망스럽기 짝이 없는 알코올에 광균과 거품이 나게 할 목적으로 오로수스[113]를 첨가해서 비터[114]로 만들었다.

마침내 오렌지주는 이렇게 변조되어 판매되기 시작했다. 그리고 리베와 엘세는 돈 한 푼 내지 않고 뇌에 손상을 입히는 독성이 있는 술 방울을 증류기에서 떨어지는 그대로 들이켰다.

　　　　＊　＊　＊　＊　＊

---

113) 오로수스 : 학명은 Glycyrrhiza glabra 이며 '민감초'로 알려져 있다. 단맛을 내는 데 사용되며 또한 피부, 근육 이완, 해독, 항염에 유익한 성분이 있다고 한다.
114) 비터 : 칵테일에 쓴맛을 내는 술.

그러던 어느 날, 된더위가 기승을 부리는 낮잠 시간에 옛 선착장으로 가는 외딴 길에 널브러진 채 하늘에서 녹아서 흘러내릴 듯한 태양을 바라보며 히죽거리는 엘세가 발견되었다.

"저 인간이 오늘내일하는데 조만간 딸이 와야 할 텐데..."라는 말이 우리 사이에 오갔다.

아니나 다를까, 일주일 뒤 우리는 '외팔이'를 통하여 독감에 걸린 엘세의 딸이 아버지를 뵈러 온다는 소식을 접하게 되었다.

"곧 시작할 우기에 오르께따 습지에서 몸 회복이 잘 안될 텐데." 마을 사람들이 너나없이 걱정하였다.

자기 딸이 마을에 도착할 즈음이면 항상 꼿꼿한 자세에 종종걸음으로 지나가던 엘세의 모습이 처음으로 보이지 않았다. 그는 딸이 탄 배가 도착하기 한 시간 전에 말라끼아스의 수레에 몸을 실어 유적지 길을 거쳐 선착장으로 향했다. 느린 도보로 수레를 끄는 암컷 말의 귓등이 땀에 젖고 가쁘게 숨을 내쉬었다.

너무 무거워서 꼼짝달싹할 수 없는 듯 짙고 어두운 하늘이 한 달 반 전부터 이어지는 가뭄을 더는 견디지 못하겠다는 징조를 내비치고 있었다. 마침내 배가 선착장에 도착했을 때 비가 내리기 시작하였다. 오한에 시달리던 여선생은 비를 맞으면서 강변에 발을 디뎠고, 빗속에서 수레에 올라탔고, 비에 젖으면서 아버지와 함께 오르께따까지 갔다. 그곳에 도착했을 때는 이미 해가 저물었고, 적막한 푸서리를 돌아다니는 여우의 울음소리조차 들리지 않고, 굵은 빗줄기가 오두막 앞마당 땅바닥에 튕기는 둔탁한 소리 밖에 그들을 반기지 않았다.

이번에는 딸이 아버지의 옷을 빨러 물가에 갈 필요가 없었다. 그날 그리고 다음 날 해 질 무렵까지 폭우가 줄기차게 쏟아지다가 다소 소강 상태에 접어들었다. 그때 엘세의 눈에는 온갖 야생 동물들이 아른거리고 그의 손등에 달라붙는 듯한 느낌에 부대끼는 중이었다.

뙤약볕 아래에 드러누워서 온갖 사물들과 시시비비 가리기를 일삼던 이 노인에게 자신의 유일한 생명의 양식이 갑자기 금지된 지금 그의 눈에 얼토당토않은 피조물들이 보인다는 현실은 그리 놀라운 일이 아니었다. 1년 뒤 리베가 메탄올을 들이켜고 죽었을 때도 틀림없이 이와 유사한 환상을 보았을 테다. 구태여 두 폐인 사이의 다른 점을 꼽자면, 리베는 자식이 없었던 반면에 엘세에게는 자기 딸이 흉측한 쥐로 보였다는 사실이다.

모든 정황이 벽에 돌아다니는 거대한, 무지하게 큰 지네로 시작되었다. 엘세가 고개를 들어 시선으로 쫓아가자 놈이 순식간에 모습을 감추었다. 그러나 눈을 떨구자, 그의 무릎 사이로 배 부위와 개미처럼 쉴 새 없이 움직이는 발을 드러내 보이고 몸통을 꼬면서 기어오르는 그놈이 보였다. 끈질기게 기어오르고 있었다. 노인이 손을 뻗어 보았지만 아무것도 잡히지 않았다.

그가 허탈한 미소를 지었다. 허상... 허깨비...

하지만 사실 한때 생물학 박사였던 이 노인의 미소보다 섬망 속에서 집요하게 바지에 기어오르거나 느닷없이 방구석 어디에선가 불쑥 나타나는 동물들이 더 자연스러웠다.

몇 시간 동안이나 마떼를 손에 쥔 채 화로 앞에 우두커니 앉아 있던 그가 어느 순간 자신의 그런 모습을 알아차렸다. 그리고 꿈에서보다 수없이 더 많이 나타나는 뱀을 한 마리 한 마리씩 차분히 집어내고 풀어 내던지기 시작했다. 잠시 뒤 부드러운 목소리가 들렸다.

"아버지, 가슴이 좀 답답해요... 잠시 바람 쐬고 올게요."

엘세는 느닷없이 괴성을 지르며 자신의 오두막에 들이닥친 그 흉물에게 미소를 지으려고 애썼지만, 겁에 질려 숨을 가쁘게 몰아쉬면서 자리에서 일어섰다. 그가 다시 섬망의 수렁에 빠려든 것이었다.

이제 어둠 속에서 셀 수 없을 만큼의 야수들이 주둥이를 들이밀기 시작했다. 보기가 너무 역겨운 물체들이 지붕에서 떨어졌다. 공포에 휩싸인 노인에게 식은땀이 줄줄 흘렀고 그의 모든 신경 세포는 오로지 순식간에 나타나고 사라지기를 반복하는 뾰족한 주둥이들과 오두막 입구에 쏠려 있었다.

어느 순간, 살기에 가득 찬 이빨과 눈을 가진 엄청나게 큰 쥐가 문틀에 기대는 것이 보였고 엘세는 그놈에게서 시선을 떼지 않은 채 묵직한 장작 하나를 손에 불끈 쥐었다. 그러자 눈치챈 괴물이 잽싸게 모습을 감추었다.

과거에 내로라한 학자의 풍채는 티끌도 찾아볼 수 없는 그의 양옆 그리고 뒤로 온갖 물체들이 바지에 기어오르고 이리저리 튀었다. 그러나 집착에 빠져 이성이 마비된 그의 감각 신경은 집 입구와 살기등등한 주둥이에만 반응하였다.

잠시 뒤, 그는 땅바닥에 튕기는 빗줄기와는 다른 좀 더 둔탁하고 뚜렷한 소리를 느꼈다. 그리고 문턱에 다시 모습을 드러낸 흉측한 쥐가 그를 쳐다보다가 갑자기 다가오자 기겁한 노인은 손에 쥐고 있던 장작으로 온 힘을 다해 후려쳤다.

즉시 날카로운 비명이 들렸고, 마치 그 단 한 번의 공격으로 모든 괴물이 전멸하여 끔찍한 침묵 속으로 사라진 듯, 노인이 문득 제정신을 되찾았다. 그런데 그의 앞에 즉사한 존재는 살기에 가득 찬 쥐가 아니라 자기 딸이었다.

차디찬 물벼락을 맞은 느낌이었다. 오한이 등골을 급습했다. 눈 앞에 펼쳐진 이런 상황은 사실 말로 어떻게 표현할 방법이 없었다. 아버지는 딸을 간신히 부둥켜안아 간이침대에 눕혔다. 그리고 돌이킬 수 없는 치명적인 타격을 입은 딸의 몸을 잠깐 살핀 다음 무릎을 꿇었다.

그의 딸! 그에게 버림받고, 괄시를 겪었고, 인정받지 못한 딸! 20년 동안 쌓인 그녀를 향한 수치심, 고마움 그리고 한 번도 드러내 보이지 않았던 사랑하는 마음이 터져 나왔다. 귀한 딸. 그의 귀한 딸!

엘세가 딸의 얼굴을 살폈다. 그녀의 얼굴은 이미 이 세상만사에서 벗어난 듯 보였다.

딸아이가 힘없이 눈을 떴다. 이미 죽음이라는 늪에 빠져 생기가 없는 그녀의 시선이 아버지를 알아봤다. 오직 그런 상황에 부닥친 아버지만 느낄 수 있는 나무라는 듯한 고통스러운 미소를 지으며 딸이 나지막이 옹알거렸다.

"왜 그랬어요, 아버지?..."

엘세는 다시 간이침대에 머리를 떨구었다. 딸이 손으로 아버지의 베레모를 찾으면서 다시 옹알거렸다.

"걱정 마세요... 별거 아닌데... 이제 그렇게 아프지도 않네요... 내일이면 아무렇지도 않게 툴툴 털고 일어나겠죠... 이제 별로 안 아파요, 아버지..."

비가 그쳐서 밖이 고요했다. 잠시 뒤 그녀가 몸을 일으키려고 안간힘을 쓰는 것을 느낀 엘세가 고개를 들었다. 그리고 그제야 자기에게 들이닥친 현실을 깨달은 듯 딸이 눈을 휘둥그레 뜨면서 아버지를 쳐다보았다.

"아버지! 저, 이제 죽는 거 네요!..."
"얘야..." 노인은 말을 잇지 못했다.
그녀가 숨을 깊이 쉬려 했지만 그럴 수 없었다.
"아버지! 죽기 전에 부탁인데... 한 번만이라도 제 말 들어줘요. 제발 술 그만 드세요... 제가 정말..."
잠시 뒤, 죽음 앞에서는 무한한 시간이나 다를 바 없는 잠시 뒤, 산 송장이나 마찬가지인 늙은이가 힘겹게 일어선 다음 비틀거리며 긴 의자에 다가가서 이미 자리를 차지하고 있던 해충들을 손등으로 쓸어내고 털썩 앉았다. 괴물들이 던지는 그물들이 이제 걷잡을 수 없이 빠르게 엮이고 있었다.
그리고 저승에서 울려오는 목소리가 들렸다.
"그만 드세요, 아버지...!"
처절하게, 오열조차 할 수 없이, 비참한 포기와 무너지는 마음으로 그는 양손을 허벅지에 떨구었다. 그리고 방금 숨진 딸아이 곁에서 집 입구에 몰려와 송곳니를 드러내면서 최후의 공격 태세를 취하는 괴물들을 멍하니 지켜볼 뿐이었다.

· 오렌지주 양조자들 ·

Misiones, como toda región frontera, es rica en tipos pintorescos. Suelen serlo extraordinariamente, aquellos a semejanza de las bolas de billar, han nacido con efecto. Tocan normalmente banda, y emprenden los rumbos más inesperados. Así Juan Brown, que habiendo ido por sólo unas horas a mirar las ruinas, se quedó veinticinco años allá; el doctor Else, a quien la destilación de naranjas llevó a confundir a su hija con una rata; el químico Rivet, que se extinguió como una lámpara, demasiado repleto de alcohol carburado; y tantos otros que, gracias al efecto, reaccionaron del modo más imprevisto.

En los tiempos heroicos del obraje y de yerba mate, el Alto Paraná sirvió de campo de acción a algunos tipos riquísimos de color, dos o tres de los cuales alcanzamos a conocer nosotros, treinta años después.

Figura a la cabeza de aquéllos un bandolero de un desenfado tan grande en cuestión de vidas humanas, que probaba sus wincheters sobre el primer transeúnte. Era correntino, y las costumbre y habla de su patria formaban parte de carne misma. Llamábase Sidney Fitz-Patrick, y poseía una cultura superior a la de un egresado de Oxford.

A la misma época pertenece el cacique Pedrito, cuyas indiadas mansas compraron en los obrajes los primeros pantalones. Nadie le había oído a este cacique de faz como india una palabra en lengua cristiana, hasta el día en que al lado de un hombre que silbaba una aria de La Traviata, el cacique prestó un momento atención, diciendo luego en perfecto castellano:

— Hum... La Traviata... Yo asistí a su estreno en Montevideo, el 59...

Naturalmente, ni aun en las regiones del oro o el caucho abundan tipos de este romántico color. Pero en las primeras avanzadas de la civilización al norte de Iguazú